L'ALLIBRATORE

RENEE ROSE

Traduzione di
EMA FERRARI

RENEE ROSE ROMANCE

 Creato con Vellum

OTTIENI IL TUO LIBRO GRATIS!

Iscrivetevi alla newsletter di Renee per ricevere Indomita, scene bonus gratuite e notifiche riguardo a nuove pubblicazioni!

https://subscribepage.com/reneeroseit

CAPITOLO UNO

Nikolaj

Non provavo più piacere nel picchiare duro.

Come allibratore della bratva di Chicago, faceva parte del lavoro, ma il mio cuore non era coinvolto. Non con questo ragazzo.

Affondai il pugno nella pancia morbida di Zane e lo guardai mentre si piegava, ansimando. Eravamo nella sua stanza nel dormitorio, a Northwestern. Avevo detto al suo compagno di stanza di andare a farsi un giro a meno che non volesse essere colpito anche lui in faccia.

«Mi dispiace. Ti farò avere i tuoi soldi. Lo prometto» sussultò.

«No. Ne abbiamo abbastanza delle tue promesse» gli dissi. «Questa volta sono qui per riscuotere.» Non che non fosse stato avvertito. La verità era che probabilmente ci ero andato troppo piano con lui perché Zane mi piaceva.

Era intelligente. Era stato un giocatore decente ai miei tavoli da poker, prima che entrasse in sciopero e iniziasse a comportarsi come uno stronzo.

Oleg, il sicario della nostra cellula bratva, lo mise di

nuovo in piedi e lo tenne in posizione per permettermi di dargli un altro pugno. Mi girai verso Adrian, uno dei nostri soldati, e gli feci un cenno affinché lo colpisse.

Non me la cavavo con la violenza. Non come Pavel, il più sadico nella nostra cellula bratva. Ma si era trasferito a Los Angeles per stare con la sua fidanzata attrice, che si eccitava per suoi modi sadici.

E anche Oleg, il nostro enorme e silenzioso sicario, era innamorato, e questo lo aveva ammorbidito. Era probabilmente sempre stato uno tenero sotto l'enorme aspetto spaventoso, ma ora tratteneva i pugni più spesso. Caso emblematico: lo teneva invece di picchiarlo. Considerando che un colpo opportunamente sferrato dai pugni giganti di Oleg avrebbe potuto uccidere, non aveva senso.

«Ti ho dato una tregua per permetterti di mettere insieme i soldi, ma hai saltato il pagamento della scorsa settimana. Non hai risposto ai miei messaggi. Quindi ecco cosa succederà.»

Adrian gli diede un pugno alla mascella e poi gli mollò un montante sinistro alle costole. Il nostro nuovo pulitore era promettente. Adrian era nuovo del Paese, e aveva conosciuto grandi difficoltà. Cavalcava ancora il bordo tagliente della violenza. Il resto di noi era diventato più morbido vivendo nel lusso americano.

«Mi darai le chiavi della tua Mustang e mi passerai la proprietà.» Zane spalancò la bocca, strabuzzando gli occhi. Il sangue gli colava sia dal naso che dal labbro.

«Non puoi... io...» Alzai le sopracciglia e lui terminò con un semplice «cazzo.»

Adrian lo colpì di nuovo.

«Non sono completamente senza cuore. Dedurrò l'intero valore della rivendita da ciò che devi alla bratva. È del 2018?»

Adrian lo colpì prima che potesse rispondere, e Zane cadde in ginocchio. «Basta» ansimò.

«Passami la proprietà.»

«Ecco le chiavi.» Infilò la mano in tasca e le tirò fuori. «Il certificato di proprietà è a casa di mia sorella. Te lo porterò venerdì.»

Presi le chiavi. «No. Andremo a prenderlo ora, insieme. Non mi dispiacerebbe incontrare la tua sorellona. Ricordami come si chiama? Chelle?»

Gli occhi di Zane si impanicarono, cogliendo le mie intenzioni. «Lascia mia sorella fuori da questa storia. Ti darò subito il certificato di proprietà. Dammi solo un passaggio fino a lì.»

«Andiamo.» Aprii le mani. Oleg trascinò Zane in piedi, ma inciampò sulla strada per la porta, come se non riuscisse a ricordare come si cammina.

Lo affiancammo giù per il corridoio, dove prendemmo le scale invece dell'ascensore. Al nostro arrivo avevo individuato la posizione della Mustang, quindi andai dritto all'auto e mi misi al volante. Adrian spinse Zane verso il sedile posteriore e si sedette sul lato del passeggero. Oleg andò a prendere il suv con cui eravamo arrivati. Zane si lanciò tra i sedili e indicò il vano portaoggetti.

«Ci sono dei fazzoletti lì dentro» grugnì. «A meno che tu non voglia che sanguini in tutta la tua nuova auto.»

«La nuova auto di qualcun altro» dissi con moderazione, sollevando il mento al vano portaoggetti per indicare a Adrian che poteva anche prenderli. «Pensi che mi vada di guidare il tuo vecchio catorcio?»

Il labbro di Adrian fece una smorfia quando gli consegnò i tovaglioli, e Zane si agitò per la durezza che colse nell'espressione del nostro soldato.

Andai a casa della sorella di Zane senza bisogno di indicazioni. Avevo già fatto i compiti. Mio fratello Dima, l'hacker della nostra cellula bratva, faceva ricerche su tutti i nostri giocatori. Quando Zane era entrato nel giro, Dima aveva scavato più in profondità. Avevo tutto ciò che mi serviva per spremere Zane per bene. Sapevo che lui e la sorella avevano ricevuto un'educazione borghese. Il padre era un agente di borsa che si era sparato tre anni prima. Avevano ereditato poco perché si era scoperto che aveva un problema di dipendenza dal gioco d'azzardo. Apparentemente la mela non era caduta troppo lontano dall'albero, nel caso di Zane. L'unica cosa che il padre non aveva toccato era il fondo del college del figlio, quindi Zane stava ancora godendo del sui privilegio. La sorella era più grande di cinque anni e lavorava per la migliore agenzia pubblicitaria della città.

Mi fermai davanti a un edificio in pietra arenaria in un quartiere periferico di Chicago. Era una di quelle aree hipster emergenti in cui i vecchi edifici venivano imborghesiti, ma era ancora possibile trovare dei buoni affari.

Zane scese e inserì un codice alla porta, poi ci condusse su per tre rampe di scale.

«La chiave ce l'hai tu» borbottò verso di me.

Gli porsi il portachiavi, lui trovò quella giusta e la inserì nella serratura.

L'appartamento era piccolo ma carino. Pavimenti in rovere usurato, pareti dipinte di bianco a eccezione di qualche casuale dettaglio in verde acqua e prugna tenui. C'erano foto artistiche in bianco e nero incorniciate con gusto. Tutto era relativamente pulito.

Mi fermai e presi una foto incorniciata di quello che sembrava il diploma superiore di Zane. Indossava abito e cappello, e teneva sotto braccio una giovane donna.

«Questa è Chelle?» La donna era molto più piccola di lui, ma avevano gli stessi lineamenti: la forma del naso e della bocca, la carnagione.

«Lasciala fuori da questa storia» ringhiò Zane.

Non commentai. Non avevo intenzione di fare del male a sua sorella, ma non avevo neanche intenzione di fargli pensare che non lo avrei fatto. Avevo imparato l'arte dell'intimidazione da Ravil, il nostro *pachan*. Sapevo che contava più quello che non si diceva, quello che semplicemente si sottintendeva, rispetto a quello che si faceva veramente. Lasciar scatenare l'immaginazione. Lasciare che si chiedessero di cosa fossimo effettivamente capaci. La verità era che, pur operando dalla parte sbagliata della legge in molte operazioni, vivevamo comunque secondo un codice. Ferire donne innocenti non era una cosa che facevamo.

Avvicinai la foto per studiarla. Chelle in realtà era molto bella. Era minuta, dubitavo che fosse molto più alta di un metro e mezzo, e tutto in lei era piccolo. I capelli castano scuro le cadevano a cascata in lunghe onde sulle spalle e aveva una spolverata di lentiggini sul naso. Non riuscivo a capire se fosse solo per il modo in cui la luce le colpiva gli occhi nella foto, ma le sue iridi sembravano meno nocciola e più dorate di quelle di Zane.

Zane era andato verso un armadietto dell'angolino del soggiorno che pareva che lei usasse come ufficio, e ci stava frugando dentro.

«Cioè… Chelle non c'entra proprio niente.»

Ero contento che Zane non fosse un completo stronzo. Il desiderio di proteggere la sorella dalle sue debolezze segnava qualche punto a suo favore.

«Hai trovato il certificato di proprietà?»

Zane si stava muovendo tra le cartelle di documenti, rovistando e gettandole sul pavimento. Alla fine si alzò. «Eccolo qui.» Arrancò per venirmi a mettere il certificato sotto il naso.

«Giramelo» gli ordinai.

«Bisognerà autenticarlo.»

Sorrisi. «Me ne occuperò io.»

«Non puoi semplicemente tenerlo e restituirmelo quando ti pago?»

«No. Ho bisogno di contanti. Considerati fortunato che sia disposto a gestire la transazione per te. Te la valuto il massimo: è un fottuto regalo, quindi mostra un po' di gratitudine e portami il resto dei miei soldi.»

«Sì, sì.» Zane prese una penna e firmò. Porsi il palmo della mano in attesa della chiave e lui sganciò dall'anello quella dell'auto.

«Mi dispiace, amico. Avrò il resto.»

Intascai la chiave e gli lasciai cadere una mano sulla spalla. «Sei molto intelligente. So che puoi capire questa merda. Mi aspetto un altro pagamento entro venerdì prossimo, e se non ti sento, non saremo così gentili come siamo stati oggi.» Rafforzai il concetto guardando indietro, alla foto della sorella. «Non mi dispiacerebbe coinvolgere Chelle nella prossima transazione. Sembra sexy.» Zane emise un verso soffocato, ma stavamo già uscendo. Poteva trovarsi un passaggio, per tornare ai dormitori.

CHELLE

«Ho bisogno che lavori sugli acquisti multimediali per questi due nuovi clienti» mi disse il mio capo, Janette, lasciando cadere due cartelle di documenti sulla mia scrivania alle sei.

Ed ecco che la lezione di spinning della sera svaniva.

Nonostante il mio ruolo fosse poco più che quello di una segretaria, ero grata di essere la sua assistente.

In quanto fondatrice e responsabile di Image First Publicity, era una pubblicitaria aggressiva che in tre anni aveva trasformato la sua attività di proprietaria di minoranza in un'impresa multipla a sette cifre.

Ecco perché rimanevo molto oltre le cinque, orario in cui la mia giornata lavorativa sarebbe dovuta finire. Non me ne andavo finché non lo faceva lei perché stavo cercando di dimostrarle che ero degna della posizione di assistente pubblicitaria con clienti tutti miei. Adoravo il lavoro. Trovavo la pubblicità affascinante e glamour. Aspiravo sicuramente a gestire una mia azienda un giorno. Ma per farlo dovevo partire da zero, il che significava che quando Janette scattava, io dovevo correre. Perché quel business era altamente competitivo e c'erano almeno una dozzina di persone in azienda disposte a uccidere per il mio ruolo. Quindi, per il momento, mi rassegnavo a non avere vita sociale.

Cosa che andava anche bene, dato che gli ultimi tre appuntamenti di Bumble erano stati un flop totale. Non mi mancava chissà quanto.

Tranne il sesso.

Il sesso mi mancava sicuramente.

Un po' di piacere fisico di tanto in tanto sarebbe stato bello.

Il problema era che non ero il tipo di persona che sapeva separare il sesso da una relazione. Non sapevo neanche come andare a un appuntamento in cerca di solo sesso.

Cercavo di immaginarmi i ragazzi con cui uscivo nella visione di ciò che desideravo per la mia vita futura. Era tutto molto serio, non erano all'altezza, e mi restavano da usare le dita e il vibratore anziché abbassare gli standard per soddisfare i miei bisogni e poi al mattino buttare il ragazzo fuori dalla porta. «Li gestirò tutti» promisi a Janette, che si era appoggiata alla scrivania con il fianco.

Era un buon segno. Significava che si stava rilassando.

Quando si fermava per fare effettivamente conversazione, sapevo che se ne sarebbe andata presto.

«Ho dei potenziali clienti in arrivo da Madison, la prossima settimana. Ho bisogno di portarli a cena, mostrare loro cosa c'è di speciale a Chicago. Qualche idea su dove portarli?»

«Magari in uno dei ristoranti panoramici che si affacciano sulla città.»

Janette arricciò il naso. «Troppo impostato. Sono giovani. Sono gli Skate 32, un gruppo di tre star dello skateboard di YouTube che hanno monetizzato la loro popolarità con un negozio online che incassa trecentomila dollari al mese. Mi serve qualcosa di più vivace e alla moda. Cosa c'è di nuovo nei dintorni di Chicago, per quanto riguarda la vita notturna?»

Mi morsi l'interno del labbro. «Fammici pensare e ti stilo un elenco di possibili opzioni.»

Janette mi ricompensò con un sorriso e un rapido tocco delle dita curate sulla mia scrivania. «Fantastico. Sapevo che avresti avuto qualche idea. Sei più giovane e sul pezzo di me.»

Non la disillusi dall'idea che nella realtà avessi una vita sociale. Insomma, mi sarebbe piaciuto averne una.

Avevo frequentato un po' di feste al college con la mia compagna di stanza Shanna. Ma dopo il suicidio di mio padre, avevo praticamente messo via quel lato di me per riporlo in una scatola.

Ultimamente vita sociale per me consisteva nell'andare all'happy hour il mercoledì quando Shanna lavorava al bar e nel vedere mio fratello minore, Zane, una volta alla settimana a cena, salvo che nelle ultime due settimane mi aveva dato buca. Temevo che si stesse svagando troppo. I suoi voti nell'ultimo semestre erano decisamente calati.

Il pensiero di lui che finiva come mio padre non mi faceva dormire la notte.

Iniziai a sistemare la mia scrivania, sperando di aver letto bene i segnali e che si potesse tranquillamente concludere la giornata.

Janette si alzò. «Va bene, sto uscendo. Ci vediamo domani.»

Spensi il computer e la seguii fuori dall'edificio, iniziando già a mettere insieme nella testa l'elenco dei possibili posti in cui avrebbe potuto portare i clienti. Quando salii sul treno per tornare a casa, avevo già messo insieme una mezza dozzina di idee. Le appuntai e mi mandai un messaggio mentre percorrevo a piedi il paio di isolati che mi separavano dal mio appartamento in affitto.

Quando aprii la porta di casa, vidi il lungo corpo di mio fratello disteso sul divano. Il sollievo nel vederlo fu rapidamente sostituito dalla preoccupazione.

«Zane? Come va? Stai male?»

Non era del tutto insolito per lui essere qui. A volte veniva a fare il bucato, ma che fosse qui di venerdì sera sembrava fuori posto.

Vidi il suo volto nella luce sbiadita e gridai. Era stato picchiato. Era gonfio, quasi irriconoscibile.

«Oh mio Dio! Cosa ti è successo?»

Gemette.

«Zane?»

Mi precipitai al suo fianco, il cuore mi tuonava.

«Oh mio Dio. Devo chiamare un'ambulanza? Chi è stato?» Il senso di terrore che mi scorreva nelle vene mi disse che sospettavo già cos'era successo.

Si era infilato in qualcosa di brutto. Dannazione. Temevo che qualcosa del genere stesse per succedere, ma continuavo a ripetermi di non preoccuparmi.

«Mi sono imbattuto nei pugni di un paio di tizi.» Zane tentò di sedersi, ansimando per lo sforzo.

«Cosa. È. Successo?» chiesi.

Volevo sapere tutto. Qualunque cosa fosse, me lo aveva nascosto per mesi. Mio fratello era tutto ciò che avevo al mondo, ed era una mia responsabilità. Avrò anche avuto solo cinque anni in più, ma dopo la morte di nostro padre ero diventata la tutrice di mio fratello e la fiduciaria del suo fondo universitario.

Dovevo prendermi cura di lui, e ovviamente avevo sbagliato, e di brutto.

Le lacrime mi bruciarono gli occhi.

«Zane, dimmi cosa sta succedendo» lo pregai. Inspirava strizzando l'occhio.

«Devo dei soldi a dei tizi.» Ammise.

«Che tizi? Spacciatori?»

«No.»

Fu un piccolo sollievo. Ultimamente era stato così fuori che avevo sospettato che avesse usato droghe per svagarsi.

«Bratva.»

«Chi?»

«È *mafia* russa. Sono rimasto indietro con il pagamento dei miei debiti di gioco.»

«Cazzo, Zane.»

Accidenti. *Lo sapevo*! Lo sapevo, cazzo. Mi alzai e iniziai a camminare.

«Quanto gli devi?»

«Probabilmente sui quarantamila dollari. Oggi hanno preso la Mustang e hanno detto che ne avrebbero cancellato l'intero valore da ciò che gli devo.»

«Ne dubito seriamente.» Gli strozzini davano dei termini notoriamente negativi. Non gli avrebbero mai riconosciuto il pieno valore dell'auto. «Ma *chi* sono?» ripetei, anche se me l'aveva già detto.

«*Mafia* russa.»

«Ok, quindi erano quarantamila prima o dopo che scalassero il valore dell'auto?»

«Prima.»

Passò ancora un po' di tempo.

«Com'è successo?»

«Ho giocato a poker con loro per un po'. Vincevo alla grande. Ma... la fortuna ha girato» disse, come se questo spiegasse o giustificasse il fatto di avere un debito di quarantamila dollari con la mafia russa.

«La fortuna ha girato» ripetei incredula.

«E quand'è arrivata la fortuna? Da quanto tempo accumuli il debito? Voglio dire, è la puntata di una notte o...»

«Da qualche mese. Hanno smesso di farmi entrare un mese fa perché ero sotto. Ho lavorato su un piano ma...»

Inclinai la testa. «E di che piano si tratta?»

Zane non incrociò il mio sguardo. Fece debolmente spallucce.

«Quindi non hai davvero un piano, vero?»

«No.»

«E quanto tempo ti hanno dato per ripagare il debito?»

Fece di nuovo spallucce. «Non l'hanno detto. Immagino che quello di oggi fosse un veloce avvertimento.»

«Un veloce avvertimento.»

Andai in cucina, avvolsi del ghiaccio in un asciugamano e glielo portai. «Non ci posso credere.»

Prese l'impacco di ghiaccio ma senza metterlo sul viso gonfio. «Lo so.»

«Insomma, dopo papà...» mi si spezzò la voce.

«*Lo so.*»

Non riuscii a fermarmi, le lacrime iniziarono a scendere. Gli strappai l'impacco di ghiaccio dalle mani e lo tenni allo zigomo contuso, ma lui si allontanò.

«Zane, non posso accettarlo. È troppo, ok? Non riuscirei mai a sopportare che succedesse qualcosa anche a te.»

«Non mi succederà nulla» cercò di calmarmi. «Questi qui non sono poi così male. Ho intenzione di capire come procurarmi il resto dei soldi, e non giocherò più. Va bene?»

Tirai su col naso. «E come?»

«Non lo so. C'è modo di usare il fondo?»

«No» scattai. Sapevo che me lo avrebbe chiesto. «È destinato solo alle spese di istruzione. Sai quanto sei stato fortunato che papà lo abbia lasciato intatto quando è morto?»

«Va bene, va bene. Era solo un'ipotesi.» Cercò di mettersi in piedi e cadde in ginocchio.

«Cazzo, Zane!» Mi mossi in avanti e gli presi il braccio. «Dai. Ti porto in ospedale.»

CAPITOLO DUE

Nikolaj

La giocata era in pieno svolgimento dalle undici. Avevamo preso una suite in un hotel elegante dove avevo un tavolo, sette giocatori. Ero soddisfatto: il banco aveva già fatto trentamila dollari, e avevo un acquirente in attesa per la Mustang di Zane.

Bussarono alla porta e lanciai un'occhiata al mio gemello Dima, che era in città per il fine settimana, mentre andavo ad aprire. Oleg mi affiancò, come gorilla. Dima prese la pistola nella cintura. Eravamo tutti più cauti dopo l'incidente con i federali del mese precedente. Essere colpito durante una delle mie giocate non era una cosa che volevo rivivere. Morire giovane era una possibilità concreta dal giorno in cui io e mio fratello ci eravamo uniti alla bratva, ma preferivo andarmene in gloria piuttosto che a causa di un colpo sparato da un ragazzino dal grilletto facile.

Socchiusi la porta per sbirciare fuori.

«Sono qui per vedere Nikolaj» annunciò una voce femminile.

«Oh, diavolo, no» dissi, quando vidi la piccola ma potente femmina fuori. La riconobbi dalla foto nel suo appartamento, la sorella di Zane.

Spinse preventivamente la mano attraverso la fessura della porta prima che potessi chiuderla.

Potevo anche essere un cazzone, ma non avrei mai schiacciato le dita di una donna. Inoltre, non avevo intenzione di farla entrare nella suite perché rovinasse l'atmosfera. Aprii la porta abbastanza da uscire, costringendola a indietreggiare nel corridoio.

Era arrabbiata in modo adorabile, in tutto il suo metro e sessanta. I capelli castani erano raccolti in una coda di cavallo alta e folta, e gli occhi dorati erano ardenti. Le lentiggini di bronzo le punteggiavano il naso e gli zigomi, sposandosi armoniosamente coi riflessi rossastri dei capelli.

Oleg si affacciò minacciosamente sulla porta dietro di me, attirando il suo sguardo, cosa che per qualche motivo mi infastidì.

«Ci penso io» gli mormorai in russo, lasciandola all'oscuro di quello che avevo detto, e Oleg si ritirò e chiuse la porta.

Mise le mani sui fianchi e alzò le sopracciglia. «Sono Chelle Goldberg. La sorella del ragazzo che hai mandato in ospedale oggi.»

«So chi sei» dissi con dolcezza, avanzando verso di lei solo per vedere se avrebbe indietreggiato o avrebbe mantenuto la sua posizione. Tenne la posizione, cosa che trovai ancora più adorabile.

«Dimmi che non è stato Zane a darti l'indirizzo della giocata, perché quel ragazzo non ha bisogno di un altro calcio in culo da parte mia in questo momento.»

«No» scattò, spingendo il mento verso l'alto. «Ho visto il messaggio sul suo telefono. Mentre era sdraiato su un letto d'ospedale.»

Alzai gli occhi. «Zane non aveva bisogno di andare in ospedale, Lentiggini. L'unica cosa che il pronto soccorso può fare per lui è dispensargli antidolorifici, di cui un ragazzo con problemi di abuso di sostanze non ha bisogno.»

Questo la destabilizzò e le tolse il respiro. Sbatté le palpebre, come se le mie parole le avessero dato uno spiacevole shock. Si insinuò dentro di me un pizzico di compassione. Davvero non sapeva che suo fratello aveva un problema di droga?

Forse rifiutava l'idea, e il fatto che l'avessi detto ad alta voce lo aveva reso reale.

«Vai a casa. Togligli gli antidolorifici. Vedi se si riprende tanto da riuscire a riorganizzare la sua merda.»

«Sono venuta per parlare del debito di Zane.» Aveva perso un po' della sua sfacciataggine. Incrociò il mio sguardo, ma non riusciva più a reggerlo.

Incrociai le braccia sul petto. «Ok, sentiamo.»

Si guardò intorno in modo esasperato. «Qui fuori nel corridoio?»

Era carino per essere un corridoio. Carta da parati e opere d'arte e tavolini con ceramiche pesanti.

«Non puoi entrare qui, bambolina. A meno che tu non abbia portato denaro contante.»

Strinse la borsa come se stessi per strappargliela dal braccio. «Sono venuta per capire quanto vi deve esattamente. E per vedere se possiamo arrivare a un accordo.»

Oh, Lentiggini, sì. Mi piacerebbe sicuramente trovare un accordo con te.

Del tipo che ti vede nuda legato al mio letto. Lasciai che il mio interesse si palesasse nella lenta lettura del suo corpo. Non era curvy, anzi, era un po' spigolosa, ma trovavo l'intero pacchetto allettante. Qualcosa in lei mi aveva stuzzicato l'interesse nel momento in cui avevo visto la foto nel suo appartamento. «Che tipo di accordo?» Il mio basso gorgoglio tenne un tono seducente, e il suo corpo rispose: i capezzoli sporsero attraverso il maglione sottile.

Le si irrigidì la mascella. «Posso entrare?»

Maledizione. Non ce la volevo proprio, nella suite. Ma per una qualche ragione, trovavo difficile dirle di no.

Mio malgrado, aprii la porta e la feci entrare. Oleg arrivò immediatamente per controllare la sua borsa e perquisirla, e dovetti soffocare la forte protesta che mi salì in gola. Stava facendo il suo lavoro. Proteggermi dall'essere colpito di nuovo. È che non mi piacevano le sue mani su di lei.

Diede una rapida occhiata al gioco in corso, poi tirò fuori una grossa busta dalla sua borsa dopo che Oleg glie-l'ebbe restituita e me la porse.

Presi i soldi e li contai.

«Millecinquecento dal debito di Zane» dissi a Dima, che si era piazzato con il suo laptop vicino a noi per regi-strare ogni passaggio di mano di denaro.

Annuì e lo digitò.

«Basta a tenerti lontano da lui per alcune settimane?» chiese.

«No, coniglietto.»

Gli occhi le si riempirono di fastidio per il nomignolo, ma non lo diede a vedere.

«Quanto ti deve ancora?»

«Al momento è in debito di trentamila.»

Emise un piccolo *ah*. «Hai scalato i diecimila della Mustang?»

Annuii. «È il valore di rivendita.»

Frugò di nuovo nella sua borsa e recuperò un mazzo di chiavi. Estrasse quella di una Toyota dall'anello. «Prendi la mia macchina. Dovrebbe valerne almeno altri diecimila.»

Le sue dita le tremarono quando mi porse la chiave.

Mi rifiutai di prenderla. «Non prenderò la tua macchina.»

Mi portò la chiave davanti alla faccia e la agitò, scuotendola sempre di più. Anche le sue labbra tremavano, anche se sospettavo per rabbia e non per paura. Certamente non per il pianto.

Chelle era un osso duro, questo era ovvio.

«Prendila» scattò. «Hai preso quella di Zane.»

«Non prenderò la tua macchina. Non te lo meriti. Hai considerato le conseguenze a lungo termine di questi continui salvataggi di tuo fratello?»

Increspò la fronte. «Che cosa?»

«Pensi che Zane imparerà la lezione se continui a fare sacrifici per tenergli il naso integro?»

Spalancò la bocca. «Ah, adesso mi becco pure una lezione di vita dal suo *fottuto strozzino*? Mi stai prendendo in giro!»

Sorrisi. Quella donna era deliziosa.

Appoggiai la spalla contro il muro e incrociai le braccia sul petto.

«Che tu ci creda o no, tuo fratello mi piace. Prima di affondare il naso nella coca, era un brillante giocatore di poker e una presenza divertente al mio tavolo. Ora… ora è un coglione, ed è fuori controllo. Ha bisogno di aiuto, ma non lo otterrà se metti tu a posto i suoi casini.»

«Quindi lo hai picchiato per affetto, eh?»

Il suo tono trasudava sarcasmo.

Feci di nuovo spallucce. «È una conseguenza naturale, quando non paghi la bratva. Ci sarà dell'altro se non riuscirà a mettere insieme presto la sua merda.»

Parte della sua spavalderia svanì, e vidi l'incertezza vagare nella sua espressione. Dovetti combattere l'impulso di rassicurarla sul fatto che non avevo intenzione di farle a pezzi il fratellino. Parte del problema era che avevo lasciato che Zane pensasse che fossimo amici.

Quel ragazzo poteva anche piacermi, ma questo non significa che poteva non pagare, in un modo o nell'altro.

«L'altra conseguenza naturale è perdere l'auto. Ma non dovrebbe essere la tua. Non sei stata tu a sniffare coca e a perdere al mio tavolo.»

Gli occhi le si riempirono di lacrime e sbatté le palpebre per ricacciarle indietro. Deglutì. «Ora usa la moto. Era di mio padre. Potresti andare a prendergli anche quella.»

«Può portarmela» dissi tranquillamente.

«Te la porterò io...»

«Ah-ah,» la interruppi. «Stai fuori da questa storia. Zane può cavarsela. È un ragazzo intelligente.»

Mi fissò per un attimo e poi annuì.

Le aprii la porta. «Non tornare qui di nuovo» dissi quando si avvicinò per passare.

Si fermò e mi guardò. Ebbi l'impulso irrazionale di contare le lentiggini che le spolveravano gli zigomi.

«O cosa?» Vidi di nuovo quel lampo di carattere. «Picchi anche me?»

«Te?» alzai le sopracciglia, poi permisi a parte del calore che mi suscitava di svelarsi nel mio sguardo.

«No, Lentiggini» mormorai con fusa seducenti. Ti metto le mani al muro e ti sculaccio quel tuo bel culo finché non ti sento implorare.»

I suoi occhi si dilatarono, le labbra rosse si aprirono. «I-implorare per cosa?» chiese.

Trattenni una risata. «Per cosa potresti implorarmi, Chelle?»

Ispirò affannata. «Ma quanto sei...»

Inclinai la testa quando indietreggiò, pronto a ricevere un insulto poco cortese.

«Audace.»

Curvai le labbra in un sorriso sorpreso. «E tu sei interessata.» Permisi al mio sguardo di cadere sulle gemme appuntite dei suoi capezzoli che spiccavano attraverso il maglione.

Anche lei guardò, e arrossì.

Perlustrò con lo sguardo gli avambracci tatuati, passò sulla mia spalla e si fermò alla gola. Nel momento in cui riuscì a sollevarlo abbastanza da incontrare il mio sguardo, l'elettricità pulsò tra di noi.

Il cazzo mi diventò più duro della pietra. Lei si bloccò.

Oh, Zane. Ho appena avuto l'idea più malvagia del mondo su come puoi pagare il tuo debito.

Solo che io non pagavo per il sesso. Né permettevo che venisse usato come valuta.

Avevo una regola personale a riguardo, solo per mantenere le cose pulite.

Inoltre, Adrian probabilmente avrebbe provato a infilarmi la testa in un tritacarne se lo avessi fatto. Era venuto in America per liberare sua sorella dai trafficanti di esseri umani, un capitolo orribile da cui si stava ancora riprendendo a malapena.

Vidi una specie di tremore attraversare la piccola figura di Chelle, che però, con mia delusione, sembrò riportarla alla realtà. Mi spinse via e si diresse fuori, nel corridoio.

«Non tornare» le ricordai.

Mi fece il dito medio senza girarsi mentre si allontanava.

Rimasi sulla porta a guardare il suo bel culo contrarsi mentre camminava, godendomi tutto ciò che era Chelle Goldberg. L'infuocata, adorabile e molto scopabile Chelle.

Dannazione.

La volevo.

Era fortunata che avessi avuto abbastanza scrupoli da lasciarla andare via.

La prossima avrebbe potuto non essere così fortunata.

~

CHELLE

PREMETTI il pulsante dell'ascensore otto volte in quattro secondi, pienamente consapevole dello sguardo di Nikolaj che mi aveva infuocata.

Cos'era successo?

Mi stavo appena riprendendo dall'interazione.

La porta dell'ascensore si aprì e mi lanciai dentro. Naturalmente, quando mi girai per premere il pulsante, Nikolaj era ancora lì, a guardarmi divertito.

Accidenti a lui.

Mi ero appena fatta fare il culo da un mafioso. Me lo aspettavo, ma era stato il modo in cui era andata a scioccarmi.

Mi aspettavo che Nikolaj fosse terrificante. Avevo immaginato denti d'oro, catene intorno al collo e un revolver puntato sulla mia testa, qualcosa del genere. E certamente sembrava pericoloso. Ma non mi aspettavo un playboy dalla personalità gentile. Il bell'aspetto. Il fascino. Le sue braccia erano coperte di tatuaggi, ma indossava pantaloni e una bella camicia, aperta sul collo. Niente catene. Bei denti. Denti perfetti, in realtà, e un sorriso hollywoodiano.

Nikolaj era decisamente sexy.

Per cosa mi imploreresti, Chelle?

Non ero sicura che sarei stata in grado di togliermi dalla mente quel ringhio allusivo. Né che avrei potuto allontanare il pensiero della sua minaccia. Voleva sculacciarmi?

Uhm, sì, per favore.

Anche adesso, sola in ascensore, il ricordo mi faceva arrossire. Probabilmente sarei arrossita fino al Ringraziamento. Mi odiavo per essermi eccitata così a quelle parole.

A causa sua.

Cos'era successo?

E non era stata nemmeno quella la parte più snervante. Era stato il modo in cui aveva parlato di Zane, come se lo conoscesse davvero. Come se gli piacesse anche. Sembrava preoccupato per il problema dell'abuso di sostanze di Zane. Che io speravo non essere reale. Mi aveva scioccata sentirglielo dire ad alta voce.

Zane era un drogato. Lo temevo, ma onestamente… avevo evitato quella parte di verità. Mi aveva colta alla sprovvista, così quando Nikolaj mi aveva dato il suo consiglio stile Dr. Phil su come lasciare che Zane fallisse, l'avevo accettato. Per quanto odiassi ammetterlo, poteva avere ragione.

Non potevo credere di accettare consigli sulle relazioni da uno strozzino della *mafia* russa. Le porte dell'ascensore si aprirono e uscii. Tra gli edifici del centro di Chicago soffiava un vento freddo, che mi fece desiderare di aver indossato una giacca. Avvolsi le braccia intorno alla vita mentre correvo verso il parcheggio, dove avevo lasciato l'auto. Non potevo permettermi la tariffa del garage dell'hotel: era astronomica.

Mentre giravo dietro l'angolo, mi fermai a guardare l'edificio, come se avessi potuto vedere attraverso pareti e pavimenti per cogliere un altro sguardo del persecutore di mio fratello. Un brivido mi attraversò.

Che follia venir qui da sola.

E che fortuna che Nikolaj non fosse stato terribile. Le cose sarebbero potute andare malissimo.

Tutta la giusta rabbia che avevo nutrito durante il mio viaggio fin qui si era dissipata. Ora ce l'avevo solo con Zane.

Era colpa sua.

Nikolaj aveva ragione. Zane avrebbe dovuto capirlo da solo. Il problema era che Zane era tutto ciò che avevo, ed era il mio fratellino. La mia responsabilità. Se non avessi gestito la sua merda, sarebbe potuto finire permanentemente danneggiato o persino morto.

La mente mi tornò al commento di Nikolaj sull'ospedale.

Non avrei dovuto trovare interessante né rispettabile che sembrasse sapere quanto fossero gravi le ferite di Zane.

Credeva che Zane non avesse bisogno di cure mediche. Non che la cosa lo rendesse onorevole. Ma di sicuro intelligente. Molto più intelligente di quanto mi aspettassi. Il pestaggio che aveva organizzato era stato calcolato. Misurato. Forse un'operazione studiata per i clienti in ritardo con i pagamenti. Non avevo nessuna voglia di scoprire cos'avrebbe fatto a Zane se non avesse pagato.

Aprii la portiera dell'auto – quella con cui ero venuta con l'intenzione di consegnarla alla bratva – e salii a bordo.

Beh, avevo ancora una macchina. Avrei potuto non avere un fratello per molto altro tempo, ma almeno potevo recarmi al suo funerale in auto.

CAPITOLO TRE

Nikolaj

«Gira il tuo lato, così» istruii Oleg, che teneva l'altra estremità del nuovo divano che mi avevano appena consegnato.

Mi stavo trasferendo dalla suite attico in un appartamento al piano sottostante. Il piano superiore era andato bene fino a quando ci avevano vissuto solo i sei membri della cellula superiore. Era un appartamento da scapoli, e vivevamo come re. Ma Ravil aveva rapito la madre di suo figlio e l'aveva portata lì a vivere con noi, e Maksim aveva fatto trasferire la sua sposa riluttante, Saša, poco dopo. Poi Oleg aveva dovuto portare la sua ragazza, Story, a vivere con noi per tenerla al sicuro. Ora Pavel e Dima si erano entrambi trasferiti fuori città per stare con le loro ragazze, quindi ero rimasto l'unico single con il cazzo libero lassù.

«Sì, proprio lì. Mettilo giù.» Abbassammo contemporaneamente le nostre estremità sul pavimento, e io mi alzai per valutare il risultato. Era davanti al gigantesco televisore a schermo piatto che avevo montato su una parete. Come la suite al piano di sopra, il mio appartamento sfoggiava pareti finestrate affacciate sul Lago Michigan e tutto il lusso associato al Cremlino. Pavimenti in legno, piano di lavoro in quarzo, i migliori infissi, di tutto e di più.

Avevo assunto l'arredatore di Ravil per scegliere arredi e quadri, quindi non era affatto male. Ma Oleg e Adrian erano stati tutto il giorno con me a spostare la mia merda, e sembravo non riuscire a renderlo accogliente.

Quello che mancava era... calore.

Gente.

Sembrava vuoto.

La triste e fottuta verità era che avevo ventotto anni e non avevo mai vissuto da solo. Crescendo, avevo sempre condiviso una stanza con il mio gemello. Poi io e Dima eravamo stati reclutati – forse *circuiti* era un termine più adatto, perché non avevamo avuto scelta – dalla bratva prima ancora di finire la scuola superiore. Avevo vissuto insieme ad altri per tutta la vita.

Oh, ma chi cazzo stavo prendendo in giro? Avevo vissuto l'allontanamento di Dima come se mi avessero strappato via un arto dal corpo. Dima era il più notevole dei due. Era il fidanzato della ragazza morta di cancro al liceo. Poi era diventato rapidamente uno dei membri più utili e potenti della bratva, con le sue abilità di hacking. Non ero mai stato altro che il fratello di Dima, io. Il ragazzo che lo bilanciava. Una facciata del pacchetto che eravamo noi due.

Ora era andato a vivere con la sua ragazza Natasha a un paio d'ore di macchina di distanza. Ero così fottutamente felice per lui, ma mi sentivo *alla deriva*.

Non sapevo letteralmente chi fossi o cosa cazzo stessi facendo lì senza che ci fosse lui a guardarmi le spalle.

Stare nella suite attico era troppo doloroso, ora che se ne era andato. Avevo pensato che trasferirmici avrebbe placato l'irritante senso di vuoto che provavo ultimamente, ma ora che mi trovavo nel mio fottuto appartamento solitario, mi rendevo conto che lo avrebbe solo esasperato.

Avevo bisogno di un maledetto hobby.

Bljad'.

Non avevo idea del perché quel pensiero richiamasse alla mente le tette della sorella di Zane. Giocare con i suoi capezzoli maturi non sarebbe stato un hobby.

Gospodi, stavo morendo dalla voglia di sapere com'erano.

Qualcosa di lei me lo faceva ancora venire duro dopo una settimana.

Era a causa della sua risposta alla mia colorita allusione a come avrei voluto punirla che mi ero eccitato. Ero convinto che si sarebbe incazzata. Avevo visto che piccola furia poteva essere. E invece no, si era incuriosita.

Voleva un assaggio del mio dominio.

Ora non riuscivo a togliermi dalla testa l'idea di darglielo.

Peccato che non sarebbe accaduto.

«Tu e Story dovreste trasferirvi nell'appartamento accanto» suggerii a Oleg, che stava perfettamente immobile a guardarmi. Quel ragazzo sapeva essere inquietante. Non era solo silenzioso perché gli era stata tagliata la lingua. Rendeva invisibile la sua presenza. Come se un ragazzo grande come Hulk potesse svanire sullo sfondo.

La sorpresa gli animò il viso, come se non lo avesse preso in considerazione.

Insomma, non che Ravil ci avesse offerto il piano. Chissà perché l'aveva conservato: tutti e tre gli appartamenti di lusso sotto l'attico erano sempre rimasti vuoti, prima di quel mio trasloco.

Stavo solo strisciando fuori dalla mia pelle lassù, così avevo chiesto se c'era un altro posto dove potevo vivere.

«Sta diventando troppo affollato lassù, non credi?»

chiesi. Oleg fece spallucce e un movimento altalenante con le mani in aria, segno che indicava *forse*. Poi fece altri segni. Dovetti prestare attenzione per decifrarli. La lingua americana l'avevo anche imparata, ma stavo ancora imparando quella dei segni.

«Ravil ti ha già dato un appartamento?» chiesi. Poi mi resi conto di quello che stava dicendo. «Ah, lo studio di Story. Giusto. Beh, puoi permetterti l'affitto, se ti farà pagare. Ricordo il gigantesco borsone di denaro che ti sei lasciato alle spalle quando hai cercato di lasciarci.»

Lo stavo prendendo in giro. Non aveva cercato di andarsene, aveva cercato di salvare la sua ragazza dal suo malvagio ex capo. Ma il punto era che aveva lasciato a Story un'enorme sacca piena di denaro quando se n'era andato per uccidere o essere ucciso dal suo capo.

Oleg sembrò pensieroso, e mi fece di nuovo il segno che significava forse.

Mi alzai e osservai la stanza.

«Sei felice quindi?» Adrian me lo chiese in russo.

«Cambia lingua» mormorai, perché anche se Ravil non era presente seguivamo le sue regole. Voleva che tutti noi parlassimo la lingua del posto, perché diceva che il linguaggio è potere. Usavamo il russo quando avevamo bisogno di escludere qualcuno; altrimenti, ci allenavamo nella lingua di lì. Adrian, il nostro pulitore, era con noi solo da un anno e ancora si opponeva alla regola. Viveva con sua sorella, Nadja, al piano di sotto, e dubitavo seriamente che a casa non parlassero russo. Lo stress post traumatico di Nadja causato dall'essere finita nel traffico di schiave sessuali le rendeva difficile rilassarsi.

«Ti va bene?» riprovò Adrian.

«Mi abituerò» ammisi.

«Dai, voi due: abbiamo dei debiti recuperare, prima della partita.»

Non esisteva riposo per i cattivi, o almeno così si diceva.

Essere un allibratore per la bratva mi rendeva sicuramente uno dei cattivi.

~

CHELLE

MERDA, merda, merda, merda!

Sbattei il palmo della mano contro la cassaforte del lavoro. Erano le otto di un venerdì sera, ed ero ancora in ufficio dopo una lunga giornata di brainstorming per le campagne pubblicitarie per la linea di anelli di lusso di un cliente. Janette mi aveva lasciata lì a ripulire il pasticcio del team, incluso rimettere l'anello di design molto costoso e unico nel suo genere in cassaforte, ma non riuscivo ad aprire quella dannata cosa.

Provai a chiamare Janette al cellulare ma partì direttamente la segreteria telefonica.

Ovvio.

Ricordavo perfettamente che lo aveva spento durante l'incontro. Merda. Avrebbe potuto tenerlo spento fino all'indomani! Cosa dovevo fare? Non mi sentivo a mio agio a lasciare l'anello lì. Insomma, avrei potuto nasconderlo nella mia scrivania o da qualche altra parte, ma c'era il custode, e se gli fosse successo qualcosa sarebbe stata colpa mia.

No, era meglio portarlo a casa. Lo avrei riportato lunedì e avrei spiegato la situazione a Janette allora. Probabilmente si sarebbe incazzata, ma almeno avrebbe capito che prendevo il lavoro molto seriamente, e a quel punto avremmo chiuso l'anello nella cassaforte e non avrebbe avuto nulla di cui preoccuparsi. Per pararmi il culo, le mandai un messaggio spiegandole la situazione e dandole la mia soluzione, quindi infilai l'anello in fondo alla mia borsa e lasciai l'edificio.

Appena uscita dall'ufficio, il mio pensiero andò agli eventi di venerdì sera. A quel che avevo capito, la partita di poker dei russi si svolgeva ogni venerdì, e Zane avrebbe dovuto presentarsi e pagare o subirne le conseguenze.

Non era un mio problema, cercai di dirmi. Era Zane a dover risolvere il problema.

In realtà stavo cercando di seguire il consiglio del suo strozzino. Ma con lo stomaco attorcigliato in una palla.

Tirai fuori il telefono e chiamai Zane.

«Ehi, Chelle, come va?» La voce di Zane era tesa e piena di preoccupazione, il che mandò su di giri il mio istinto di protezione.

«Ehi, come sei messo con i russi?»

«Beh, ci sto lavorando.»

Ero abbastanza sicura che fosse un modo in codice per dire che non aveva un piano.

«Che cosa significa?»

«Ho un piano, ma ci vorranno alcune settimane per metterlo in pratica.»

«Qual è il piano?»

«Non preoccuparti.»

Merda. Quello doveva essere il codice che indicava qualcosa di illegale.

«Sono preoccupata, Zane. Non dovresti saldare una parte a Nikolaj ogni settimana, per evitare che venga a spaccarti le rotule?»

Zane rimase in silenzio per un attimo.

«*Nikolaj?*»

Non gli avevo detto della mia visita alla giocata della settimana precedente. Era svenuto sul mio divano con gli antidolorifici, e dopo che Nikolaj mi aveva servito una terapia che gli risolvesse i problemi, non ritenevo utile dirgli che ero andata di corsa a offrire la mia auto.

«Merda, Chelle, cos'hai fatto?»

Il panico nella voce di Zane mi fece impazzire.

Salii sull'El e trovai posto; mi premetti il telefono troppo forte contro l'orecchio. «Gli ho dato tutti i soldi che sono riuscita a racimolare la scorsa settimana. Non era molto, millecinquecento o giù di lì.»

«L'hai… l'hai *pagato*?» balbettò Zane.

Mi si gelò il sangue per la sua evidente paura.

«Come? Come l'hai trovato?»

«Ha inviato la posizione sul tuo telefono. Tu eri svenuto, così sono andata io.»

«Sei pazza?» mi gridò praticamente all'orecchio. «Chelle, quelli lì sono pericolosi. O il mio viso gonfio non ti ha convinta?»

«Ha detto che ti avrebbe preso la moto.» Andai dritta alle cose importanti.

«Cosa?» esplose Zane. «Gli hai parlato della Ducati? Il certificato di proprietà è ancora a nome di papà, non pensavo che lo avrebbe scoperto. Perché glielo hai detto? È l'unico mezzo con cui posso circolare al momento.»

«Stavo cercando di impedirti di essere ucciso.»

«La bratva non mi ucciderà. Non posso ripagarli, da morto. Chelle…» Zane sbuffò per l'ansia «Non sono mica tanto sicuro che non proveranno a ottenere qualcosa da te.»

Ci volle un attimo perché l'affermazione mi colpisse. «Da me?»

«Non capisci? Nikolaj stava già insinuando che eri in

pericolo, quando siamo andati a casa tua per prendere il certificato, quindi...»

«Nikolaj *è stato a casa mia?*» Il senso di violazione mi arrivò come uno shock totale.

«Dovevo dargli il certificato di proprietà della Mustang. Ma il fatto è che sapeva già di te prima che ci andassimo. Quindi il fatto che tu ti sia presentata lì mi fa uscire di testa. Avrebbe potuto prenderti mentre eri lì.»

Il gelo mi scese dalla gola fino al petto. *«Prendermi?»* Nulla della mia interazione con lo strozzino russo mi aveva fatto pensare che mi avrebbe *presa*. Anzi: mi aveva mandato via dicendomi di non tornare. *E mi aveva minacciata di sculacciarmi.* Cercai di non pensare a quella parte. O ai formicolii che mi provocava alle parti intime.

Che tipo di accordo? aveva fatto le fusa, come disposto a lasciare che mi sobbarcassi il debito di mio fratello. Mentirei se dicessi che da allora non facevo che pensarci senza sosta.

Tuttavia, dovevo credere a Zane. Aveva ragione: era stato Nikolaj a provocargli tutti quei lividi. Immaginare che fosse tutt'altro che un mostro sarebbe stato un errore.

«Devi portargli la moto. Stasera. Non scherzare con questi qui, Zane. Ho paura.»

«Sì, va bene.» Pensai che fu l'aver ammesso la paura a convincerlo. Non era sua sorella maggiore a dirgli cosa fare: era lui che mi proteggeva dal pericolo a cui mi aveva esposta. «Ho bisogno del certificato di proprietà, allora. Anche quello ce l'hai tu.»

«Sì. Passa a prenderlo, te lo cerco. Sono quasi a casa.»

«Ok, a fra poco.»

Chiudemmo la chiamata e cercai di calmare i miei nervi logori. Quando arrivai nel mio appartamento lasciai cadere la borsa sul tavolino e recuperai il certificato di proprietà della moto. Non riuscivo a decidere se mangiare o fare la doccia. Vinse la doccia, perché se riuscivo a sbrigarmi prima che arrivasse Zane, forse avremmo potuto mangiare insieme.

Saltai sotto il getto caldo e mi appoggiai alle piastrelle, lasciando che l'esaurimento della giornata scivolasse via. Tra il lavoro e quella cosa con Zane, lo stress mi stava uccidendo. L'immagine di Nikolaj mi si materializzò nella mente. Non solo l'aspetto, ma tornò alla mente anche il suo profumo: una fragranza di sapone con un pizzico di spezie maschili. Terroso ma pulito.

Oddio.

Non avrei dovuto pensare a Nikolaj mentre ero nuda. L'acqua che mi batteva sui capezzoli li faceva emergere in sottili punte doloranti. Mi ci strofinai sopra i pollici e gemetti dolcemente. Strano che potessi eccitarmi quando ero così stressata. Forse il mio corpo mi stava suggerendo come alleviare lo stress.

Avrei dovuto semplicemente accettarlo, giusto?

Voltai le spalle al getto e misi le mani sulle piastrelle, fingendo di essere nella posizione in cui Nikolaj aveva minacciato di mettermi.

Per cosa imploreresti, Chelle?

Dio, volevo quella voce carica di accento fuori dalla mia testa!

Se mi fossi lasciata andare una volta alla fantasia, probabilmente poi sarei stata in grado di scacciarla. Portai le dita tra le gambe e accarezzai la carne morbida lì sotto. Spinsi il culo un po' più in fuori, come se l'acqua fosse il mio compagno di gioco e glielo stessi presentando. Spogliai mentalmente Nikolaj.

Avevo visto scorci di tatuaggi corrergli sulle braccia.

Fin dove arrivavano? Coprivano solo gli avambracci? O fino in fondo al petto? Le sue spalle erano muscolose come apparivano sotto alla camicia?

Mossi le dita sul clitoride, il mio respiro si accorciò. Come sarebbe stato se mi fossi permessa di uscire con qualcuno? Nessun legame. Solo sesso. Qualcuno come lo strozzino cattivo, il ragazzo russo che voleva sculacciarmi? Spinsi la punta delle dita dentro e venni. Il calore dell'acqua e del vapore mi fecero improvvisamente stordire e mi appoggiai alle piastrelle per sorreggermi.

Dei colpi alla porta del bagno mi fecero urlare di sorpresa.

«Chelle? Sono io.»

Zane.

Chiusi l'acqua. «Ehi. Esco tra un minuto.»

«Non serve, sto uscendo. Ho trovato il certificato. Ciao!»

Oh. Beh, ecco che sfumava il mio appuntamento per cena. Non che sarebbe stato piacevole. Mi sarei preoccupata dei suoi problemi per tutto il tempo.

Uscii dalla doccia e pulii il vapore dallo specchio, fissando il mio corpo nudo.

Eh.

Volevo ancora fare sesso.

Con il cattivo ragazzo russo.

Dovevo essere fuori di testa.

CAPITOLO QUATTRO

Nikolaj

È venerdì. Mi aspetto un pagamento da parte tua prima delle dieci, mandai un messaggio a Zane mentre ci stavamo preparando per la giocata. Dima era tornato in città per il fine settimana, il che aiutava i miei sentimenti instabili.

Zane rispose immediatamente, *Arrivo a momenti con una buona parte.*

Una buona parte. Interessante. Sapevo che il ragazzo poteva tirare fuori qualcosa dal suo culo per sistemare le cose con me. Poteva anche essere giovane, ma era intelligente e aveva connessioni e risorse. Era cresciuto con i soldi, anche se ora non ne aveva.

Strano che il mio sollievo per il fatto che avrebbe pagato riguardasse la sorella. Non mi piaceva che degli innocenti fossero danneggiati dalle nostre attività. Non che ne sarebbe stata danneggiata. Aveva cercato di partecipare, e per me era stata una seria tentazione.

Venti minuti dopo, Zane bussò alla porta secondo la sequenza segreta e Oleg lo fece entrare. Nascosi il sorriso quando rabbrividì un po' nel vedere i pugni carnosi di

Oleg. I lividi sul suo viso erano diventati viola e gialli. Era decisamente sottomesso: quella merda apparentemente arrogante la settimana precedente le aveva prese proprio da lui.

Indossava una giacca di pelle e aveva un casco rosso da moto AGV nascosto sotto il braccio che probabilmente nuovo valeva un migliaio di dollari. Avrei potuto farne cinquecento con il casco, il che significava che gli avrei dato duecento dollari di credito.

«Cos'hai per me?» gli chiesi andando dietro al tavolo pieghevole che avevamo allestito vicino alla porta della suite per registrare le persone. Posò la chiave della moto sul tavolo e poi si ficcò una mano nella tasca interna della giacca di pelle per recuperare un certificato di proprietà e un biglietto del parcheggio per il garage dell'hotel, che mise accanto alla chiave. «Lo sapevi già, immagino. Probabilmente sai anche quanto vale.»

Annuii. «Ducati del 2015. Valutata a dodicimila dollari.»

Presi il certificato e lo esaminai. «Non è intestato a te.»

Zane sbuffò dal fastidio. «È intestata a mio padre, ma è morto. Posso firmare a nome suo, no? Sono sicuro che conosci un notaio che puoi costringere a falsificarlo.»

Non aveva torto. Avevamo accesso a tutto ciò di cui avevamo bisogno per spostare beni rubati.

«Dov'è la moto adesso?»

«Nel garage al piano di sotto, posto A 31.» Con un altro ragazzo avrei dovuto controllare, ma avevo Zane completamente in pugno. Non aveva intenzione di fregarmi. Non era pronto a scomparire e lasciare la città per sempre. Inoltre, sapevo dove viveva sua sorella.

«Va bene.» Guardai indietro, dove Dima sedeva davanti al suo laptop. «Dodicimila sul conto di Zane.»

«Che ne dici di questo?» Mise giù il casco. «È un AGV. Vale mille dollari.»

«Ne vale mille da nuovo. Te ne darò duecento.» Un muscolo si tese nella mascella di Zane, ma batté il casco sul tavolo.

«Bene.» Dima ne prese nota.

«Aspetta, c'è altro. Questo dovrebbe coprire tutto.»

Zane si mise una mano in tasca e tirò fuori una scatolina per anelli. Emisi un suono dissenziente, ma quando l'aprì rimasi stupito dall'anello di diamanti contenutovi. La pietra era grande e la montatura artistica e costosa.

«L'hai rubato?» Zane incrociò il mio sguardo da sotto la frangia scura. Mi resi conto che anche lui aveva le lentiggini. Cioè, probabilmente le avevo già viste, ma me ne accorsi bene adesso che avevo visto quanto fossero carine su sua sorella.

«Sì» ammise.

«Piazzare un diamante che scotta non è facile come autenticare il certificato di proprietà di una moto.»

«Beh, ma quel coso vale molto. Qualsiasi cifra ne verrà fuori, dovrebbe coprire il mio debito.»

«Ne dubito.» L'anello era spettacolare ma non valeva trentamila dollari, soprattutto essendo rubato. Però lo sforzo lo aveva fatto, dovevo riconoscerglielo.

«Cercherò di piazzarlo. Otterrai credito per due terzi di quello che ottengo io.»

«Due terzi?» balbettò Zane.

«È un'offerta generosa, e te la faccio solo perché ti sono affezionato.»

Sbuffò. «Mi prendete per scemo» mormorò.

«Dammi retta» disse Dima. «Nikolaj si sta trattenendo dal prenderti a pugni, ragazzo. Mostra un po' di fottuto riconoscimento.» Adrian e Oleg lo guardarono.

«Mi assumo io il rischio di riciclare beni rubati.» Alzai

le sopracciglia. «Oppure puoi farlo da solo e darmi i soldi» proposi, sapendo benissimo che in un banco dei pegni lo avrebbero messo in ginocchio e inculato. Lo sapeva anche lui. Mi lanciò uno sguardo risentito.

«Quindi siamo a posto?»

«*Da.*»

Di proposito, non dissi altro per fargli macinare il cervello.

«Nel senso di... a posto-a posto?»

«*Net.*»

«Ah, dai, basta con i monosillabi russi. Qual è l'accordo?»

Sorrisi. Ecco perché mi piaceva quel ragazzo. Non era in nessuna posizione di potere, ma era ancora intento a cercare di imporsi in giro e fare richieste. Se mai fosse riuscito a mettere insieme la sua merda, avrebbe potuto far strada, a questo mondo.

Oppure schiantarsi e bruciare.

Il che sarebbe stato un peccato per quella sua bella sorella che sembrava preoccuparsi un sacco per lui.

«Nessun pagamento per la prossima settimana. Potrebbe volerci un po' per liquidare l'anello. Ti farò sapere cosa ne ottengo e di cos'altro ho bisogno da te. Ma non sei ancora il benvenuto al mio tavolo.»

Fece roteare la testa. «Va bene. Grazie.» C'era ancora quella nota di risentimento nella sua voce. Immaginai che non sarebbe tornato al tavolo una volta cancellato il debito. Il che era probabilmente un bene, ma mi mancava la sua presenza.

Solo che mi mancava Zane il carismatico conversatore, non Zane lo stronzo.

«Prendo anche la giacca.» Ero un cazzone. A rinfacciarglielo continuamente. Vabbè. Se l'era cavata con poco, rispetto alla maggior parte dei miei debitori.

«Cosa? No. Non vale molto, e mi congelerò il culo là fuori.»

Era vero. L'autunno era arrivato a Chicago e le temperature erano crollate in settimana. Dato che ero russo a me non facevano un baffo, ma Zane sarebbe morto di freddo con la camicia. «Toglitela.»

«Ora stai solo facendo il cazzone.»

Oleg avanzò minaccioso e Zane vacillò.

«Ok, ok. Prenditi la giacca.» Se la tolse e la schiaffò sul tavolo.

«C'è altro che vuoi? Le mutande? I calzini?»

Sorrisi e sostenni il suo sguardo senza dire nulla. Scosse la testa e fece per andarsene, poi tornò indietro.

«Quanto vale la giacca?»

Il mio sorriso si allargò, perché stavo proprio aspettando che me lo chiedesse. Avrei potuto facilmente dirgli che era mia per il ritardo nei pagamenti, ma invece feci spallucce. «Cinquanta.»

Annuì e se ne andò senza un'altra parola.

«Ma perché gli stai dando il via libera?» chiese Dima. «Voglio dire, anche a me piaceva, ma si è trasformato in un coglione.»

Feci spallucce. «Forse un piccolo aiuto lo rimetterà sulla strada giusta.»

Non era mica perché mi sentivo coinvolto dopo aver conosciuto quella candela d'accensione di sua sorella…

Dima mi guardò pensieroso. Difficile nascondere qualcosa a un gemello. «Ti piace sua sorella.»

La sparò come un'accusa. Adrian e Oleg si girarono entrambi per fissarmi.

Bljad'.

Non aveva senso negarlo. Avrebbe solo spinto Dima a insistere con più vigore.

«Non mi dispiacerebbe prenderla in cambio di ciò che

ci deve Zane» ammisi, poi alzai la mano quando vidi le narici di Adrian allargarsi per un respiro profondo.

«Se fosse d'accordo. Non voglio donne riluttanti.» Ma sapevo che avrei potuto rendere Chelle Goldberg partecipe.

Avevo visto come mi aveva risposto. Sarebbe stato facilissimo sciogliere quella resistenza e convincerla a darmi tutto. Soprattutto perché avrebbe fatto qualsiasi cosa per togliere suo fratello dal mio mirino.

Ma non volevo una donna disposta solo a fare sesso.

Santo cielo, stavo diventando debole. Uno scemo totale. Perché volevo quello che avevano i miei fratelli bratva. Ravil, Maksim, Oleg, Pavel e Dima.

Volevo l'intero pacchetto. Volevo l'amore.

Chelle

«CHE NOVITÀ CI SONO SU ZANE?» Shanna, la mia migliore amica, era sul mio divano a bere un Mimosa. Non avevamo molto tempo per stare insieme, dato che io lavoravo di giorno e lei di notte. Frequentavo il Red Room il mercoledì quando lavorava all'happy hour invece di fare il turno serale, e una volta al mese circa facevamo il brunch domenicale a casa mia. Lo facevamo nel tardo pomeriggio dato che dormiva fino a mezzogiorno.

Mercoledì le avevo raccontato l'intera saga che aveva avuto inizio col ritrovamento di Zane decisamente malmesso e che era proseguita con l'incontro coi russi per un accordo.

«Venerdì ha dato la moto a Nikolaj. Da allora non ho

più saputo nulla. Forse è meglio che gli mandi un messaggio per sapere se è ancora vivo.»

Lo dissi, ma non mi mossi affatto per prendere il telefono.

Zane aveva ragione quando diceva che da morto non gli sarebbe stato utile per niente. Se gli aveva portato la moto, ero sicura che loro l'avevano presa e che lui stava bene.

«Quindi lo chiami *Nikolaj* ora, eh?» mi derise Shanna agitando le sopracciglia. «Sei entrata in confidenza con lo strozzino russo?»

Mi avvampò il viso, ma mi controllai. «Nikolaj, l'allibratore spaventoso ma sexy. E no, mi ha detto di non tornare mai più.»

«Quasi lo amo per questo» disse Shanna, svuotando il suo bicchiere e mettendolo sul tavolino. «Fa un po' il galante. Come se stesse cercando di proteggerti.»

«Non posso amare quello che mi ha picchiato il fratello. Devo mostrarti di nuovo la foto della sua faccia?»

«Lo so, ma questo a renderlo interessante. Da un lato ha picchiato Zane, ma dall'altro si è rifiutato di prenderti la macchina e ti ha detto di lasciar fallire Zane per conto suo.»

Alzai gli occhi al cielo, anche se ero altrettanto affascinata dal comportamento di Nikolaj. Romanticizzare il cattivo era una stupidata.

«Beh, non importa perché, ma spero di non rivederlo mai più.»

«Cosa che potrebbe renderlo l'opzione perfetta per una notte…»

«Zitta. Non mi imbarco in avventure di una notte, io.»

«Lo so. Ecco perché sto dicendo che questo qui è perfetto. Perché in un milione di anni non lo avresti mai frequentato. È sexy. E ti ha offerto un assaggio dell'atmosfera sono-sexy-e-tutto-tuo. Ecco il genere di cose che dovresti fare la prossima volta.»

Mi si contorse lo stomaco. «Non mi imbarco in questi teatrini.» Avevo imparato la lezione al liceo, e nel modo più difficile.

«Saresti *tu* la protagonista. Devi solo stravolgere la sceneggiatura.»

Scossi la testa. «Chiacchiere inutili, perché non lo rivedrò più.»

«Beh, in caso contrario, ti consiglio di trascinarlo in uno stanzino e di lasciarti mettere le sue dita tatuate addosso.»

Gesticolò con le dita.

Risi. «Sei un'idiota.»

«Sì. Un'idiota che fa sesso quando le pare.»

«Ma non con il tuo capo» le rinfacciai, perché aveva un'enorme cotta per lui. «E poi lavori in un bar.»

Non avrei mai voluto vivere la vita di Shanna. Insomma, sentivo che avrebbe dovuto trovare un vero lavoro e crescere, ma ne ero anche gelosa. Lei da barista guadagnava più soldi in mance di quanti ne facessi io da impiegata, motivo per cui aveva abbandonato la laurea in giornalismo per servire drink.

«E tu frequenti quel bar ogni mercoledì. Potresti scegliere un ragazzo in qualsiasi momento. Anzi, ti sfido a farlo.»

«E io ti sfido a dire a Derek cosa provi» la sfidai, riferendomi al fatto che il suo capo era ignaro della sua cotta senza speranza.

«Siamo andati oltre. Non accadrà. Mi piace troppo il mio lavoro e mi piace quello che abbiamo. Non voglio rovinarlo.»

«Lo so, lo so. Ho già sentito questa storia in passato.»

Raccolsi i bicchieri di champagne vuoti per portarli in

cucina. Avevo bisogno di lavorare sulla campagna pubblicitaria per l'anello di diamanti, quindi non potevo essere troppo brilla.

Senza dubbio reggevo poco. Shanna mi seguì e mi aiutò a infilare i piatti del brunch in lavastoviglie.

«A mercoledì.» Appena finimmo, mi abbracciò per salutarmi.

«Certo. Goditi il resto della giornata libera!»

«Anche tu, tesoro.»

Se ne andò e io mi diressi verso la borsa per studiare di nuovo l'anello. In mattinata mi ero convinta che non poterlo chiudere nella cassaforte era stata in realtà una benedizione, perché ora potevo osservarlo mentre pensavo a qualche idea. Aprii la borsa e ci rovistai dentro.

Era tutto il weekend che non uscivo di casa, quindi venerdì non mi ero preoccupata di prenderlo. Doveva essere lì... passai la mano lungo il fondo con più energia visto che non lo trovavo, poi aprii di più la borsa.

«Cazzo» mormorai.

Il cuore iniziò a battere forte. Ero sicura che era lì. Doveva essere lì. Non me n'ero mai andata, e venerdì sera nel cercare le chiavi di casa l'avevo visto…

Capovolsi la borsa e la svuotai completamente.

Ma che cazzo…

Nessuna scatolina.

Impossibile.

Raccolsi la borsa vuota e frugai di nuovo in ogni angolo, aprendo le taschine con cerniera, anche se sapevo che non poteva essere lì dentro.

Dove diavolo era? Mi veniva da vomitare. Avevo le mani sudate, mi sentivo la febbre. O forse era lo champagne.

«Ti prego, ti prego, ti prego» mormoravo frugando

ancora una volta nel contenuto della borsa, sul tavolino. La scatolina non c'era.

Guardai la porta dell'appartamento. Possibile che qualcuno fosse entrato mentre dormivo? Ma l'avevo chiusa. Non aveva senso.

Presi il portafogli e lo spalancai.

Maledizione.

I soldi erano spariti. Ma come... quando... Sussultai, battendo una mano sulla bocca; il cuore mi martellò ancora più forte. *Zane.*

Fottuto Zane.

Le dita mi tremavano mentre prendevo il telefono per chiamarlo. Non rispose.

«Zane!» Urlai alla segreteria. «Dov'è l'anello? Era di un cliente del lavoro. Mi licenzieranno. Andrò in prigione. Che cazzo hai fatto?»

Appena riagganciai gli scrissi le stesse cose per messaggio, terminandolo con parole che mi fecero iniziare a piangere.

Se non mi richiami entro cinque minuti, ti denuncio alla polizia.

Chiamò. «Chelle. Va bene, ascolta. Mi dispiace. Ho commesso un errore. Non avrei proprio dovuto prendere l'anello. Ero in preda al panico, avevo paura che mi picchiassero di nuovo, ok? E avrebbero potuto far del male a te. Stavo cercando di proteggerti.»

La furia iniziò a scorrermi nelle vene, esplodendomi in gola.

«Proteggermi?» gridai. «Facendomi licenziare e mandandomi in prigione? Grazie mille!»

«Ok, va bene, forse non è troppo tardi. Gliel'ho portato solo venerdì. Forse non l'hanno ancora dato in pegno. Ha detto che potrebbe volerci un po' di tempo.»

«Ma che...» Il cervello si perse in un'analisi di oltre un

milione di parole nel tentativo di beccare quella giusta «...*stronzo!*»

«Sono un completo stronzo. Ho fatto un casino, ok? Provo a chiamare Nikolaj.»

«Richiamami» ordinai, attaccando.

Vagai per la stanza, ribollendo. Il contenuto del mio stomaco vagava come se avessi mangiato anguille arrabbiate.

Poco dopo, quando Zane non mi richiamò, lo chiamai di nuovo.

«Non ha risposto. Non penso che in realtà sia un numero di cellulare. Probabilmente usano una VPN per comunicare le giocate in modo che non sia rintracciata.»

Cazzo!

«Dammi il numero» dissi, perché magari a Nikolaj non andava di rispondere a Zane.

«Te lo mando subito per messaggio» mormorò, e riattaccò.

Provai a chiamare, ma non rispose e non partì la segreteria telefonica.

Richiamai Zane. «Dobbiamo trovarlo. Subito. Domani non posso tornare al lavoro senza l'anello.»

Zane rimase in silenzio per un momento, poi disse: «C'è un edificio su Lake Shore Drive. Non conosco l'indirizzo, ma ho sentito che il quartiere lo chiama Cremlino perché lì vivono solo russi. Non so se Nikolaj ci viva. Gliel'ho chiesto e lui non ha né confermato né smentito. Ma io scommetto di sì.»

«Quindi devo cercare un edificio a caso sulla Lake Shore senza neanche un indirizzo?»

«Non lo so, Chelle, questo è tutto quello che so. Vuoi che venga con te? Possiamo chiedere in giro.»

Inalai un respiro misurato ed espirai. E intanto nella testa mi passò un film in cui dicevo a Janette di essermi portata l'anello a casa e che mio fratello lo aveva dato alla *mafia* russa. Mi si chiuse lo stomaco. Avrei sicuramente vomitato. La disperazione mi turbinò nella testa, calda e pesante.

«Va bene. Sì. Faremmo meglio ad andarci.» Se era l'unica pista che avevamo, dovevo seguirla.

«Ok. Mi vieni a prendere?»

Il pensiero di starmene in macchina con mio fratello mi fece venire voglia di urlare. Probabilmente gli avrei dato un pugno sul naso.

Considerato che avrebbe dovuto essere lui a trovare il modo di risolvere la situazione, non sapevo se sarei stata in grado di guardarlo.

«Ci vado da sola.»

«Assolutamente no, Chelle.» Sentii paura nella voce di Zane. «Non è sicuro per te. Vieni a prendermi. O ci vediamo lì.»

«Se devo essere sincera, hai già mandato a puttane abbastanza cose. Tu preoccupati di trovare i soldi che gli devi e io mi faccio ridare quel maledetto anello. Ti odio davvero in questo momento.»

Agganciai e poi mi sentii immediatamente in colpa per avergli detto che lo odiavo.

Dal suicidio di mio padre, sapevo quanto facilmente avrei potuto perderlo. E se si fosse sparato perché pensava che lo odiassi?

Argh.

Scacciai i pensieri dalla mente, afferrai la giacca ed uscii. Dovevo trovare l'anello. Era l'unica opzione a mia disposizione. Non avrei perso il lavoro e non avevo neanche intenzione di andare in prigione.

~

Due ore dopo trovai il proprietario di un minimarket che sapeva del Cremlino e me lo indicò. Mentre guardavo il bellissimo edificio multimilionario, però, si insinuarono i dubbi. Era una follia. La *mafia* russa non poteva operare da un edificio di lusso come quello, no?

Una giocata di poker settimanale poteva davvero dare profitti netti sufficienti a permettersi roba del genere?

Ma in effetti Zane gli doveva decine di migliaia di dollari, quindi forse sì.

Nel momento in cui entrai, capii di essere nel posto giusto. La guardia di sicurezza o il portiere o qualunque cosa fosse il ragazzo seduto alla gigantesca scrivania di rame ricurva era coperto di tatuaggi, come tutti quelli che avevo visto alla partita.

Mi lanciò un'occhiata di pietra.

Cercai di levare la disperazione dalla voce. «Salve. Sono venuta per vedere Nikolaj» dissi, neanche mi fossi trovata in uno studio medico con tanto di appuntamento programmato.

Mi fissò senza commentare.

Merda. Mi guardai intorno e scorsi gli ascensori dietro di lui.

«Ehm, salgo, allora?» Non avevo idea di cosa fare. Avevo intenzione di bussare a tutte le porte dell'edificio?

Sì. Dannazione. Se necessario, lo avrei fatto.

Il ragazzo della sicurezza scosse la testa. «Non può salire.» Il suo accento era denso e decisamente russo. Non avevo dubbi: ero nel posto giusto.

Pensai di lanciarmi in qualcosa di spericolato come «prova a fermarmi», ma uno sguardo ai suoi bicipiti gonfi e all'aspetto minaccioso mi disse che avrebbe fatto qualcosa di più che provarci.

Deglutii.

«Senti, ho davvero bisogno di vedere Nikolaj. È molto importante.»

«Nikolaj chi?»

Merda!

«Nikolaj, ehm, quello che gestisce le partite di poker?»

Il ragazzo iniziò immediatamente a scuotere la testa. «Devi uscire di qui.»

La presi come una buona notizia. Nikolaj viveva sicuramente lì, o sarebbe apparso confuso.

Mi raddrizzai e incrociai le braccia sul petto.

«Io non me ne vado finché non vedo Nikolaj.»

Il tizio si alzò da dietro la scrivania.

Oh cazzo.

Adesso mi buttava fuori.

Mi abbassai e mi sedetti a gambe incrociate come una pacifica manifestante degli anni Sessanta. «Chiama Nikolaj. Digli che c'è Chelle, e anche che non me ne vado finché non gli parlo.»

Si avvicinò e mi sovrastò, le sopracciglia abbassate come incazzato. «Fuori di qui» ringhiò con marcato accento.

«Ho bisogno di vedere Nikolaj. Per favore, chiamalo.»

Si abbassò e mi afferrò per gli avambracci.

Mi rifiutai di aprire le gambe, mi feci un peso morto. Eppure era forte. Mi sollevò dal pavimento e mi scosse per farmi aprire le gambe. Quando mi rifiutai ancora, scosse la testa e iniziò a trascinarmi verso la porta.

«Aspetta!» gridai quando mi resi conto che una volta uscita da quella porta non avrei avuto modo di rientrare. «Ti prego. Farò qualsiasi cosa. È una questione di vita o di morte. Ho bisogno di vedere Nikolaj.» Allungai la mano e gli avvolsi le gambe intorno alla vita come un koala, così non sarebbe stato in grado di depositarmi fuori.

«Ti prego, ti prego, ti prego, chiamalo» lo implorai.

«*Požalujsta.*»

Incapace di trattenermi, la voce mi si spezzò e mi uscirono le lacrime. Avevo sempre odiato le ragazze che piangevano per ottenere qualcosa, ma vidi un cambiamento istantaneo in quel tizio. Smise di camminare. E sul viso si manifestò l'indecisione.

«Ti prego, ti prego, ti prego. Ti prego, chiamami Nikolaj. Ho bisogno di parlare con lui.»

«Metti giù i piedi» brontolò.

«Lo chiamerai?»

«Aspetta qui.»

Lasciai la stretta presa delle gambe sulla sua vita – grazie, spinning, per la forza delle gambe – e gli permisi di mettermi in piedi.

Quando tornò alla reception, lo seguii. Prese un cellulare e compose un numero con le sopracciglia aggrottate. Parlò in russo, rapidamente e con esasperazione. Poi tacque.

«Arriva?» chiesi.

Scosse la testa e alzò un dito.

Il cuore mi batteva contro lo sterno. Sembrò un'eternità il lasso di tempo in cui rimanemmo lì in silenzio mentre lui aspettava una risposta, poi rispose al telefono e lo rimise in tasca. «Nikolaj arriva.»

Nikolaj

Presi l'ascensore fino al piano terra con un barzotto. Quando Majkl mi aveva chiamato per dirmi che c'era una piccola, isterica giovane donna al piano di sotto che chiedeva di vedermi, avevo capito che si trattava Chelle ancora prima di avvicinarmi al feed di sicurezza e mandare indietro per guardare.

Era ancora adorabilmente feroce. Lanciava qua e là tutti i suoi cinquanta chili per farsi strada.

Sapevo che era venuta per l'anello o perché era successo qualcosa di brutto a Zane. Probabilmente entrambe le cose. Magari Zane era stato arrestato per il furto e lei sperava di far cadere le accuse restituendolo.

Quando uscì dall'ascensore, Majkl la stava ancora perquisendo in cerca di armi, cosa che per qualche motivo mi infastidì. Volevo che le togliesse le mani di dosso. Già lei si era arrampicata su di lui come su un albero, quando aveva cercato di sbatterla fuori dall'edificio.

«Nikolaj» mi chiamò nel momento in cui mi vide, liberandosi dalla presa di Majkl e correndo verso di me.

Majkl mi fece un cenno per farmi sapere che era disarmata.

Mi raggiunse e mi toccò; i palmi delle mani si allungarono sulle mie costole mentre mi guardava. Il respiro lasciò il mio petto quando mi resi conto che aveva le guance bagnate. «Nikolaj» disse di nuovo, senza fiato. «L'anello che ti ha dato Zane… ce l'hai ancora?» Prima che avessi modo di rispondere, si precipitò. «È di un cliente. Non dovevo nemmeno averlo, ma non riuscivo ad aprire la cassaforte ed ero l'ultima ad uscire. Non volevo lasciarlo lì, per non rischiare magari che quelli delle pulizie lo trovassero, quindi me lo sono portato a casa. Non mi sono resa conto che Zane – quel coglione – l'aveva preso fino a questo pomeriggio, e devo recuperarlo. Devo *assolutamente* riaverlo. Non voglio perdere il lavoro né andare in prigione né altro.» Gli occhi dorati le si riempirono di lacrime. «Ti prego, dimmi che ce l'hai ancora.»

Il mio corpo era febbricitante per il fatto di averla vicina, e il bisogno di far cessare quelle lacrime mi rese irrequieto.

«Ce l'ho ancora.»

«Bene.» Emise il suo primo respiro da quando si era lanciata contro di me. «Va bene. So che Zane ti deve un sacco di soldi, e li pagheremo, ma ti prego, ti prego, ti prego» – mi prese a pugni sulla camicia e la strattonò – «Ti prego, Nikolaj. Per favore, posso riaverlo?»

Permisi a un lento sorriso di curvarmi le labbra. «Mi piace quando implori, Chelle.»

Ancora più sollievo le attraversò il corpo, e si sciolse accanto a me.

Non sapevo se solo perché era felice perché pensava che le avrei dato l'anello o perché il suo corpo rispondeva alle mie allusioni.

«Ti prego, farò qualsiasi cosa. Sarò la tua schiava sessuale, se è quello che ti piace. Ti darò la mia macchina, ogni gioiello che possiedo. Ho solo bisogno di riavere quell'anello.»

Il cazzo mi diventò più duro. «Vieni al piano di sopra» la invitai, aprendo le dita sulla mia camicia per tenerle la mano. «Sono sicuro che riusciremo a trovare un accordo.»

Assecondò quell'intimità, rimanendo al mio fianco mentre andavamo agli ascensori. Una volta dentro lasciai la presa, e lei si appoggiò alla parete, le mani infilate dietro, lo sguardo fisso sul mio viso. Diffidente ma attenta. Ovviamente disposta a fare qualsiasi cosa le avessi chiesto al momento.

Ero un bastardo per tutte le idee sporche che mi passavano per la testa. Aveva davvero detto le parole *schiava del sesso*?

Sarebbe stata carinissima con collare e guinzaglio. Le avrei messo un plug nel culo e l'avrei fatta strisciare...

Mi fermai prima di farmi venire un'erezione completa.

No, invece.

Sarei stato uno stronzo ad approfittare della situazione.

Il cazzo non aveva ancora ricevuto i miei segnali e rimase grosso, sperando in una qualche azione.

Infilai le mani in tasca e la studiai. Indossava un paio di pantaloni da yoga neri e un maglione lungo perfettamente posato sulle sue tette piccole ma proporzionate. I capelli scuri erano legati sopra la testa in uno chignon disordinato. Le labbra generose sembravano morbide e da baciare. Cercai di non pensare a come sarebbero apparse allungate intorno al mio cazzo.

Nessuno di noi disse una parola. Non ero nemmeno sicuro che la mia piccola schiava del sesso stesse respirando.

«Non accetto il sesso come valuta» le dissi alla fine.

Chissà perché la tirai fuori dai guai così in fretta. Sarebbe stato facile farla sudare qualche minuto in più. Forse avevo paura che svenisse per mancanza di ossigeno.

Roteò la testa per il sollievo.

«Buono a sapersi» sospirò. «Ehm, di solito non lo offro.»

Contrassi le labbra. «Sì, lo immaginavo. Ma mi piace che tu ti sia proposta. Ora sto avendo difficoltà a non immaginarti in tutte le posizioni piccanti possibili.

Si infiammò di una dolce sfumatura di rosa, ma il trillo dell'ascensore le risparmiò una risposta. Le porte si aprirono e misi la mano sulla sua piccola schiena per guidarla in corridoio.

«Da questa parte, *zajka*.»

«Cosa significa *zajka*?»

«Coniglietto.»

Lasciai che mi osservasse di sfuggita mentre aprivo la porta. Quando la feci entrare, si fermò all'ingresso e mormorò: «Wow.»

Credevo non m'interessasse far colpo sulle donne i magnifici panorami del lago Michigan dei finestroni alti dal pavimento al soffitto, ma a quanto pareva non era così, perché mi riempii del suo shock come di carburante.

«Fare gli strozzini allora ripaga davvero, eh?»

«Il capo è ricco. L'edificio è suo. Io ho solo la fortuna di approfittarne.»

«Hai traslocato da poco?»

«Da cosa lo deduci?»

Fece spallucce. «Non lo so. Sembra ancora spoglio.»

Ignorai il disagio che mi serpeggiò nella pancia all'osservazione. Come se l'appartamento fosse stato una metafora della mia vita.

«Aspetta qui, coniglietto.»

La lasciai in salotto per recuperare l'anello dalla cassaforte della camera da letto.

«Non sono il tuo coniglietto.» Mi diede le spalle mentre uscivo.

«Ah no?» gridai dalla camera. «Un minuto fa imploravi di farmi da schiava sessuale. Penso che tu sia qualunque cazzo di cosa io voglia, in questo momento. Ho io tutte le carte, *zajka*, ed è una mano vincente.»

«Metafora da poker» sbuffò. «Calzante.»

Uscii con la scatolina. «Lo vuoi o no?»

Cedette; aprì i palmi delle mani e chinò la testa. «Felice di essere il tuo coniglietto.»

«Molto meglio.» Mi avvicinai con un sorriso. Mi misi di fronte a lei, con in mano la scatolina, che agitai.

Lei la guardava. «E, ehm, questo accordo?»

«Ci sto ancora pensando» ammisi.

Smise di nuovo di respirare.

«La colpa è a carico di Zane, perché è lui lo stronzo che ci ha fregati entrambi.» Fece per interrompere, protestando contro l'aumento del debito di Zane, ma io le parlai sopra. «Ma ti darò l'anello per un bacio.»

Tacque.

«Un bacio dove?»

Risi. «Sulle labbra. Non sono così rozzo.» Mi allontanai per sistemarmi. «Me lo hai appena fatto venire duro.»

Per mia grande gioia, i suoi occhi si dilatarono, come eccitata dall'idea. Le infilai la scatolina in borsa perché volevo le mani libere, poi le presi la nuca e le tirai il viso verso il mio. Si alzò sulle punte, e io dovetti sporgermi in avanti per posare le labbra sulle sue.

Bljad'.

Avevo ragione. Erano morbide e soffici. Sapevano di zucchero di canna o di qualcosa di dolce: doveva essere un balsamo per le labbra, e mi piaceva il modo in cui faceva scivolare le mie. Mi posò le mani sul petto, appoggiandole leggermente mentre restituiva timidamente il bacio.

Lo approfondii, aprendole le labbra mentre l'altra mia mano le scivolava lungo la schiena per atterrarle sul culo. Non riuscii a trattenermi dallo stringerle la carne morbida mentre la spingevo indietro.

Mi afferrò la camicia mentre la spingevo contro il muro, dove bloccai il suo corpo più piccolo con il mio. La mia lingua le invase la bocca nello stesso momento in cui accarezzai la fessura del suo culo. Il materiale morbido dei pantaloni da yoga cedeva alla mia esplorazione abbastanza da farmi sentire le contrazioni dei suoi muscoli.

Le scopai la bocca con la lingua mentre agitavo il dito contro il suo ano.

Il cazzo era più duro del marmo, e le presi il culo con entrambe le mani per sollevarla, così da poterlo spingere nella tacca tra le sue gambe, godendomi il suo calore e il modo in cui lo cavalcava con i piedi agganciati dietro la mia schiena. Non volevo fermarmi. Volevo baciare quella ragazza fino a che non avesse perso i sensi. Lasciarla ansimante e senza fiato e incapace di ricordare il proprio nome. Volevo che implorasse di nuovo, supplicando di essere il mio *zajka.*

Ma il bacio era stato forzato. Una coercizione lieve, certo, ma forse era ancora indesiderato. Poteva anche averlo corrisposto, ma non aveva proprio avuto scelta. Non se rivoleva l'anello.

Quindi lo interruppi.

Mi fissò con le labbra gonfie e gli occhi vitrei. Tutto quello che potevo fare era non rivendicare quel broncio ancora una volta, perché sapevo che altrimenti non mi sarei fermato a un bacio.

La presi e la portai direttamente nella camera da letto, infrangendo ogni regola che avevo sul sesso inteso come valuta e sul costringere le donne.

A malincuore, le abbassai i fianchi e lei mise i piedi a terra. Quando indietreggiai, lei cadde contro il muro come se le sue gambe non funzionassero.

Volevo darle equilibrio, ma non osavo toccarla di nuovo. Feci un passo indietro e girai la testa lateralmente verso la porta.

«Esci.»

Le sfuggì dalle labbra una risata.

«O mi sculacci?» Sembrava felice. Ma in fondo, aveva recuperato l'anello e non aveva dovuto farmi un pompino, quindi ovvio che fosse felice. Non aveva bisogno del mio bacio. Né ne bramava un altro. Sorrisi, perché ero già troppo affezionato a lei per fare il cattivo.

«Esatto.»

Sapevo che l'idea la entusiasmava, altrimenti non l'avrebbe più menzionata.

Naturalmente, avevo visto la reazione del suo corpo alle mie parole la prima volta. Andò alla porta e si fermò con la mano sulla maniglia per guardarsi indietro.

«Grazie, Nikolaj.» Sembrava sincera.

«È stato un piacere» dissi. Era la verità.

Varcò la porta e fece per chiuderla.

«Ma romperò il naso di Zane per questa cazzata.»

Si bloccò e spalancò gli occhi. «No, per favore, Nikolaj…»

«Non hai voce in capitolo» la interruppi, e lei chiuse la bocca.

Ecco. La paura era tornata, come doveva essere. Ero l'allibratore della bratva. Non potevo permettere a tutti quelli che mi dovevano qualcosa di cavarsela con un bacio.

«E sei in ancora in debito» le dissi.

Quello le piacque di più. Ammorbidì l'anca contro lo stipite della porta. «Cosa ti devo?» Eh. Stava ancora offrendomi sesso?

Non importava. Non importava se fosse lei a offrirlo o io a chiederlo: non l'avrei comunque accettato come valuta. Avevo fatto sesso occasionale in abbondanza per una vita intera. Non ne avevo più bisogno. La prossima volta che avrei portato una donna a letto, volevo che fosse qualcosa di reale. Come quello che avevano gli altri. O almeno volevo scoprire se ero capace di avere qualcosa di reale.

«Un favore. Quando te lo chiederò, dovrai farmelo.»

Strofinò insieme le labbra gonfie. «Farti cosa?» La voce suonò roca.

«Qualunque cosa io chieda, Lentiggini. È così che funziona.» Probabilmente rendendosi conto che avrei potuto intendere qualcosa di più cupo di un bacio, impallidì e si spostò dallo stipite.

«Ritiro il ringraziamento, allora» disse. Quant'era adorabile, cazzo, quando si faceva acida. «Dal momento che questo è solo un affare.»

«Fuori» le dissi, e lei chiuse la porta con un clic.

Rimasi lì un attimo ancora a fissare la porta con un

accenno di sorriso sulle labbra. Poi tirai fuori il telefono e chiamai Dima.

«Che succede, *mudak*?» rispose Dima. Sembrava che fosse in macchina, probabilmente con Natasha, dal momento che i due erano inseparabili.

«Ho bisogno che recuperi tutte le informazioni che puoi su Chelle Goldberg.»

«La sorella di Zane?»

«*Da.*»

«Guarda un po' chi è che perseguita una donna adesso…»

Prima che Dima si permettesse finalmente di avere Natasha, aveva giocato a cyberstalkerarla, guardandola entrare e uscire dal nostro edificio, monitorando tutto ciò che c'era di digitalmente disponibile su di lei.

«Taci o dico alla tua fidanzata quanto sei inquietante. So di essere in vivavoce. Ciao, Natasha.»

«Ciao, Nikolaj» disse Natasha con una risata. «Quanto è inquietante Dima?»

«Non importa, non c'è bisogno di approfondire» disse Dima.

«Allora, vuoi il dossier completo su Chelle?»

«Voglio tutto.»

«Dammi un paio di giorni.»

«Ne ho bisogno domani.»

Chiusi la chiamata mentre Dima mi diceva che avrebbe visto cosa poteva fare. Sapevo che poteva fare praticamente qualsiasi cosa, e non vedevo l'ora di metterci le mani sopra.

Avevo lasciato andare Chelle, ma mica significava che con lei avevo finito. Anzi: avevo appena iniziato.

CAPITOLO CINQUE

Chelle

«Allora? Com'è stato il bacio?» chiese Shanna dall'altra parte del bancone del bar.

Ero al Red Room per l'happy hour, e raccontavo a Shanna della mia visita al Cremlino. Non vedevo l'ora di andar lì al mercoledì, perché durante l'happy hour non c'era troppa gente e Shanna aveva il tempo di fermarsi al bancone a chiacchierare.

Derek, il suo sexy capo ignaro, non arrivava che sul tardi.

«Bollente. Super bollente. Era più di un bacio.»

«Aspetta... te lo sei scopato?» Shanna abbassò la voce, anche se probabilmente non poteva sentirci nessuno per il volume della musica.

«No!» protestai troppo forte. «Insomma, è stato un bacio completo, col coinvolgimento di tutte le parti del corpo.»

Gli occhi di Shanna si strinsero in un'espressione scettica. «Quindi sesso.»

«No!» Risi, esasperata. Seriamente, era così appassionata di sesso occasionale che non riusciva a capire perché non lo facessi. «Del tipo che le sue mani erano dappertutto, e che poteva andare avanti per sempre.»

«E poi?»

Feci spallucce. «Poi mi ha restituito l'anello e me ne sono andata.»

Beh, tecnicamente mi aveva sbattuta fuori, ma preferii riscrivere un po' la narrazione.

Un ragazzo venne a sedersi accanto a me, il che fu fastidioso dato che c'erano una sfilza di sgabelli vuoti in giro per il bar e io ero impegnata in una conversazione privata con la mia migliore amica.

«Penso che tu abbia bisogno di scopare.»

Oh, cazzo. Ma doveva proprio dirlo così forte? Il ragazzo accanto a me sorrise e cercò di attirare la mia attenzione.

«E io penso che tu debba stare zitta.» Non una delle mie migliori risposte. Ero agitata per via del pubblico.

Shanna si girò e stabilì un contatto visivo con lui. «Cosa posso portarti?»

«Una Grey Goose, liscia.»

Gli diedi un'occhiata. Era di bell'aspetto. Aveva circa la mia età. Bella giacca di pelle, profumava di colonia costosa. Ovviamente alla ricerca di una da rimorchiare.

«E qualunque cosa voglia lei.» Mi indicò con il pollice.

«Oh, va bene» dissi velocemente. Avevo quasi finito il primo drink, e un altro mi avrebbe stesa.

«Beve un Dirty Martini perché è una ragazzaccia» disse Shanna, e avrei davvero voluto ucciderla.

«Sono a posto» dissi, ma Shanna me lo preparò comunque. Forse voleva solo far lievitare il conto. Oppure stava cercando di darmi una mano nel settore scopata.

Gli lanciai un'altra occhiata. Era carino, di sicuro. Ma io non sceglievo ragazzi a caso, e soprattutto non ci giocavo. Avevo imparato la lezione su quello, non c'era bisogno di farlo di nuovo. Semplicemente non ero il tipo di persona da sesso occasionale.

Vabbè. Potevo sempre dirglielo dopo aver bevuto il drink che mi aveva offerto. Sorseggiai il Martini e mi azzardai a dargli un'occhiata. Spostò velocemente il suo sgabello più vicino a me.

Argh. Era di bell'aspetto. Eppure non faceva assolutamente per me. Presi un altro sorso del Martini.

«Quindi tu e la barista siete amiche?»

Non avrei dovuto biasimarlo per un inizio così debole. Cos'altro poteva fare? *Quindi hai bisogno di scopare?* O magari *vieni qui spesso?*

«Sì. Eravamo compagne di stanza al college. Era quella che faceva sesso rumoroso nel letto sopra al mio, se non l'avevi capito.» Alzai gli occhi.

Ecco. Gli avevo dato un assaggio della mia mentalità bacchettona. Forse questo lo avrebbe spaventato. Non sembrò. Sorseggiai ancora un po' del cocktail sperando che Shanna, ora dall'altro lato del bar, tornasse presto.

Avrei dovuto tornare a casa?

Solo che ero un po' troppo brilla per uscire a prendere i mezzi pubblici da sola.

Avrei dovuto starmene lì ad aspettare che un po' dell'effetto dell'alcol svanisse.

O mangiare un qualcosa. Peccato che lì non avessero niente.

Tirai fuori dal drink lo stuzzicadenti carico di olive e le misi tutte e tre in bocca. Il ragazzo mi guardò le labbra come se fossero la cosa più sexy che avesse mai visto.

Sperai di non schizzargli succo d'oliva addosso.

«Altre olive» gridai a Shanna, che stava servendo qualcun altro.

«Piacere. Derek.» Il ragazzo mi tese la mano.

«Chelle.» Gli strinsi brevemente la mano, ma girai le spalle per mettermi di fronte al bancone, invitando Shanna a tornare.

«Shell sta per Shelly? O è il diminutivo di Michelle?»

«Solo Chelle.»

«Beh, solo Chelle, che lavoro fai?»

Avrei voluto pensare a qualcosa di veramente creativo solo per prenderlo in giro, ma la mia elaborazione cerebrale era troppo rallentata.

«Sono una pubblicitaria» dissi. «Beh, a dire il vero sono l'assistente della pubblicitaria. Ma spero di diventare presto una pubblicitaria a tutti gli effetti.» Il ragazzo avvicinò di più lo sgabello.

Dannazione. Non avrei dovuto rispondere!

«E cosa fa una pubblicitaria?»

«Elaboriamo strategie per i clienti e i marchi, gestiamo le piattaforme di social media, quel genere di cose.»

Ero rimasta in posizione di fronte al bancone, il che purtroppo significava che avevo davanti il drink, il che sfortunatamente significava che lo avevo bevuto tutto.

Ops. La stanza girava.

Mi tolsi la giacca da lavoro e la appesi allo schienale dello sgabello.

Avrei dovuto chiedergli che lavoro faceva lui, ma non ero per niente interessata a portare avanti la cosa. Sapevo come sarebbe potuta finire, e dal momento che non stavo cercando quel tipo di finale, era solo uno spreco di tempo. Ero venuta per stare con Shanna, non per farmi scopare.

Dove diavolo era Shanna?

Oh bene, eccola. Aspetta, ma perché stava portando un altro giro?

«Oh, no, no, no.» Spinsi il Martini sul lato opposto del bancone. «Per me basta. Probabilmente dovrei tornare a casa.»

Il mio aspirante compagno di letto scese dallo sgabello. «Posso riportarti a casa io, e sana e salva.»

Scossi la testa e alzai la mano. «No, no, no, no. Me ne resto un po' qui e poi vado.» Ormai stavo biascicando.

«Beh, se hai intenzione di rimanere, almeno prendi qualche sorso del drink che ti ho ordinato.»

L'aspirante fece scivolare il drink di fronte a me.

Qualcuno apparve dall'altra parte e una mano fece scivolare via di nuovo il drink.

Le dita erano tatuate, come…

«Ehi!» Ero irrazionalmente eccitata. «Conosco qualcuno con tatuaggi come...» Guardai l'uomo accanto a me e le parole mi morirono in bocca. «Ah, sei tu.»

Nikolaj mi sorrise divertito, come se la versione di me ubriaca non fosse completamente insopportabile.

«Sono io. E ora ti porto a casa.»

Mi girai verso l'aspirante, schiaffando il dorso della mano contro il petto di Nikolaj.

«*Mi* porta a casa *lui*.»

L'aspirante sembrava incazzato. «Chi è?»

«È lo strozz…» Il mio cervello si accorse in tempo dell'errore e mi fermai. «È il mio ragazzo. È venuto a prendermi perché ho bevuto troppo.»

Anche nel mio stato di ubriachezza, scosse di eccitazione mi attraversarono sapendo cosa avevo appena fatto. Fingere di essere la fidanzata di un componente della *mafia* russa probabilmente apriva una porta che avrei dovuto lasciare chiusa. Avrei davvero lasciato che Nikolaj mi portasse a casa?

L'aspirante mi guardò male. «Avresti potuto dirmelo prima che ti offrissi due drink.»

Il mio cervello si mise in moto alla ricerca di risposte, del tipo *ti avevo detto che non volevo un drink* o *lo pago io quel drink del cazzo, allora, stronzo*, ma Nikolaj lanciò due banconote da venti sul bancone.

«Sono pagati. Ora girati e vattene prima che ti rompa il naso.»

L'aspirante socchiuse gli occhi, e mi resi conto con un barlume di timore che Nikolaj avrebbe messo in pratica la minaccia senza battere ciglio.

«Non sta scherzando» dissi velocemente mentre scendevo dallo sgabello verso Nikolaj. «Scusa l'incomprensione.»

«Non scusarti con lui» ringhiò Nikolaj.

L'aspirante lanciò un'occhiataccia e scosse la testa, poi afferrò i soldi dal bancone e se ne andò, intascando tutto.

«Se li è presi tutti?» Agitai la mano indicando incredula il posto dove si trovavano le banconote. «Se non lascia alla mia amica un'ottima mancia, lo prenderò a calci in culo io stessa» dichiarai girandomi verso Nikolaj e sollevando le labbra in un sorriso.

Chiuse le dita tatuate intorno alla mia nuca. «Sei pronta ad andare?»

«Aspetta, aspetta, aspetta. *Fermati.*» Mi rendevo conto di quanto sembrassi esagerata nel parlare, ma non riuscivo a modulare la voce. «Cosa ci fai qui?» Strizzai gli occhi al mio sexy soccorritore.

Fece spallucce. «Sono venuto a bere qualcosa. Ho visto quello che ti infastidiva e ho pensato di intervenire.»

Arricciai il naso e buttai la testa di lato. Ero troppo brilla per decifrare cosa c'era di strano nella spiegazione, ma fortunatamente Shanna riapparve per aiutarmi.

~

Nikolaj

Gospodi, che voglia di prendere a botte quel *mudak* che

stava cercando di portarsi a letto Chelle. Dima mi aveva dato il rapporto completo sulla sorella maggiore di Zane un paio di giorni prima, e una delle cose che aveva segnalato erano le spese costanti in questo cocktail lounge ogni mercoledì sera.

Quella sera ero passato solo per vedere con chi aveva organizzato un appuntamento, e poi ero rimasto sorpreso di vederla da sola. Ora, nel momento in cui la barista mi aveva ispezionato con attenzione, capii.

Chelle aveva detto che la barista era sua amica. Ecco con chi si vedeva lì il mercoledì. O almeno speravo che quella fosse la spiegazione. Sicuro come l'inferno non era quel bastardo che le aveva offerto troppi drink, quando era chiaro che non riusciva a reggerli.

«Ehi, cosa stai facendo con la mia amica?» chiese la barista.

Le lanciai un'occhiata glaciale. «La sto portando a casa. Ovviamente ha bevuto troppo, cosa che avresti potuto evitare.»

Gli angoli delle sue labbra si inclinarono come se l'avessi beccata.

«Stavo cercando di farla scopare. Sembrava un tipo gentile.»

«*Shanna!* Stai. Zitta.» Chelle si scagliò sul bancone. «Hai una visione del cazzo sulla gentilezza. A mio avviso, far ubriacare troppo una donna per portarla a letto è come costringerla.»

La barista continuò a sorridere, come se la sicurezza della sua amica fosse un concetto divertente.

«Tu devi essere Nikolaj.»

Qualcosa mi si mosse nel petto.

Chelle aveva parlato di me? Con la sua amica?

Non avrei dovuto esserne così soddisfatto, ma lo ero.

«Sì» rispose Chelle per me, mettendomi la mano sul

petto e lasciandola lì. «Lui è il famigerato Nikolaj.» Mi accarezzò, e dovetti resistere all'impulso di afferrarle le dita e baciarle.

«Il picchiatore di fratelli.»

«Ehm… quindi credo che non abbia diritto di giudicarmi.» L'amica di Chelle incrociò le braccia e alzò le sopracciglia. «Picchiatore di fratelli.»

«Ne parliamo un'altra volta, magari.» Girai Chelle nella direzione della porta. «Ti deve qualcosa?»

«No. Buon divertimento!» C'era un tono allegro nella sua voce che implicava che stavo per fare la stessa cosa che il *mudak* sperava di fare con Chelle, e mi irritò.

Ma poi Chelle mi prese a braccetto, usandomi per mantenere l'equilibrio mentre svicolava attraverso i tavoli fino alla porta, e dimenticai tutto.

Forse non ero incazzato che quello stronzo l'avesse fatta ubriacare, perché mi aveva dato la possibilità di vederla con la guardia abbassata. Di scoprire cosa c'era sotto la superficie della sua personalità focosa.

La condussi alla mia nuova Tesla S e le aprii la portiera del passeggero. «Oh mio Dio, hai una Tesla?» disse con enfasi mentre si infilava dentro. «Adoro le Tesla! Ne voglio assolutamente una. Dove la carichi?»

«Nel garage del mio edificio» dissi prima di chiudere la portiera. Era divertente da ubriaca, di sicuro. Per quanto amassi la donna di carattere, amavo ancora di più quella versione più socievole.

Soprattutto perché sapevo che di solito la teneva nascosta.

«Mi dispiace che la mia amica abbia detto che stava cercando di farmi scopare» farfugliò quando salii al volante e mi infilai nel traffico. «È ridicolo. Voglio dire, completamente ridicolo. Sa che non faccio sesso occasionale, ma lavora in un bar, quindi è praticamente tutto ciò che vede o fa. Sembra pensare che sarebbe la soluzione di tutti i miei problemi.»

«Cosa dovresti risolvere?» chiesi.

«Beh...» Si fermò e mi guardò, con le labbra socchiuse. Poi scosse rapidamente la testa. «Ehm, niente. Proprio niente. Questo è il punto. Non ho bisogno di risolvere nulla.» Tenne il palmo della mano in segno di stop. «E sicuramente non sto con i playboy.»

«A cosa ti riferisci?»

«A *chi*» mi corresse, e poi strizzò l'occhio. «Mi dispiace. Mi dispiace tanto. Non dovrei correggerti la grammatica. Sono una vera *stronza*.»

«Perché no? Io la tua grammatica russa la correggerei. Va bene. A chi ti riferisci? A me?»

«Oh Dio» gemette e si coprì la metà del viso più vicina a me con una mano.

«Pensi che io sia un playboy, Chelle?»

«Beh, ovviamente.»

Non riuscivo a capire perché mi irritasse. «Perché lo pensi?»

Tolse la mano e mi guardò dall'alto in basso.

«Per il modo in cui ti vesti, le tue allusioni, la, ehm, cosa che mi hai detto.»

Non riuscii a trattenere un mezzo sorriso.

«Non sono un playboy» le dissi, anche se era una

bugia. Tutta la mia storia relazionale era costellata da una serie di avventure di una notte.

Lei non ci cascò. Il suo sguardo sarebbe stato raggelante se fosse stata sobria, ma da ubriaca era semplicemente adorabile.

«Sei senza dubbio un playboy. Quante fidanzate serie hai avuto?» chiese.

Strinsi le labbra e tenni lo sguardo sulla strada.

«Ah-ah! Nessuna, ho ragione?»

«La mia professione non lasciava spazio alle relazioni. Erano proibite.»

Anche da ubriaca, Chelle fu abbastanza intelligente da cogliere il tempo verbale che avevo usato.

«Erano?»

Feci spallucce. «C'erano regole contro le relazioni. Regole con conseguenze mortali. Ma il mio capo le ha alleggerite.»

«Il tuo capo con l'edificio di lusso?»

«Esatto.»

Passai davanti al suo appartamento e trovai posto a mezzo isolato di distanza.

Si guardò intorno animatamente mentre lasciai che la Tesla parcheggiasse automaticamente.

«Aspetta un attimo: come facevi a sapere dove abito?»

«Sono già stato qui, Lentiggini. Per prendere il certificato di proprietà della macchina di Zane.»

«Ah, vero.»

Mi lanciò uno sguardo che non riuscii a decifrare e poi spalancò la portiera.

Aprii la mia e smontai anch'io. Non avevo intenzione di entrare, ma sarei stato un cazzone a non assicurarmi che entrasse in casa in sicurezza.

Era ancora ubriaca. La accompagnai al piano di sopra e le presi le chiavi per aprire la porta. *«Spokojnoj noči»* dissi.

«Che cosa significa?»

«Buonanotte.»

Si fermò e si girò, poi mi sorprese afferrandomi la camicia. La strattonò.

All'inizio non mi mossi, ma per quanto non volessi approfittare di lei in quel momento, non volevo nemmeno andarmene.

Era troppo avvincente.

«Dovresti entrare.» Le sue parole uscirono disordinatamente, una sopra l'altra.

«Entro» accettai, lasciando che mi tirasse dentro e chiudesse la porta. Si tolse la giacca e la gettò su un gancio. Poi mi tolse la mia.

«Non farò sesso con te, *zajka*.»

Mi tolse la camicia dai pantaloni e fece scivolare le mani sotto; i suoi palmi entrarono in contatto con la mia pelle.

Rabbrividii mentre mi accarezzava gli addominali.

«No?»

Non era imbronciata. La sua espressione esprimeva piuttosto confusione.

«No, Lentiggini. Hai bevuto troppo. Non ne approfitterò.»

«Ti prego… ho bisogno di sesso. Shanna aveva ragione su questo. E anche se di solito non vado con i playboy, penso che stavolta potrebbe aiutarmi a uscire dai miei schemi. Solo questa volta, sai?»

La mia determinazione era solida. Sicuramente non sarei stato il suo ragazzo da "solo questa notte". Tuttavia, il mio cazzo era duro, perché con le mani continuava ad accarezzarmi la camicia. Risi e le presi una mano quando mi pizzicò il capezzolo.

«Mi stai rendendo molto difficile comportarmi da gentiluomo.»

«Al diavolo il gentiluomo. Ho bisogno di un po' di azione. Ti prego. Che mi dici di quella sculacciata che volevi darmi?»

Risi, perché sapevo che la minaccia l'aveva stuzzicata.

«Hai bisogno di una sculacciata, Chelle?» Le tirai le mani fuori dalla camicia e gliele bloccai dietro la schiena. Il viso le si illuminò mentre la accompagnavo all'indietro verso il divano. «Beh? Rispondimi, coniglietto. Vuoi che schiaffeggi quel tuo bel culo?»

«Ehm, un po'» ammise. Aveva il viso arrossato, ma gli occhi era una danza di piacere. Mi sedetti sul divano e me la tirai sulle ginocchia, il busto sul divano e le gambe distese verso il pavimento. Le diedi uno schiaffo al culo per vedere come reagiva.

Strillò e scalciò, poi agitò di più il culo. Aveva una gonna aderente, sembrava che fosse andata al lounge direttamente dal lavoro, e gliela tirai su.

Il cazzo mi si alzò quando vidi cosa c'era sotto.

Non portava i collant, ma il tipo di calze alte fino alla coscia bordate di pizzo che sembravano giarrettiere. Erano nere, come le mutandine. I kitten heels neri completavano il look porno-artistico.

«*Oh, zajka,* che sexy che sei con queste.» Le afferrai il culo e lo strinsi e lei fece roteare i fianchi sulle mie ginocchia. Le diedi un altro schiaffo forte al culo e lei scattò, poi roteò di nuovo i fianchi. «Hai il culo più carino che abbia mai avuto il piacere di sculacciare.» La accarezzai leggermente con le dita tra le gambe sopra le mutandine, e lei si incurvò sulle mie ginocchia.

Fece dei versi adorabili: gemiti e *oh* e *ah* che mi fecero venire voglia di metterla sulle mani e sulle ginocchia e ararle dentro fino a quando entrambi non avessimo visto le stelle. Ma non lo avrei fatto.

Non stasera, almeno.

Il che significava che avevo intenzione di sfogare la mia lussuria sul suo culo sexy e agitato.

Continuai a picchiarla fino a quando le sue grida non suonarono afone e iniziò a boccheggiare invocando il mio nome. Mi fermai e le liberai le gambe, così da poterle tirare giù le mutandine di raso. Roteò di nuovo i fianchi.

«Basta» piagnucolò.

La accarezzai tra le gambe. «Basta, coniglietto? Che ne dici di questo? Ne vuoi ancora di questo?»

«Sì, oh, ti prego» piagnucolò mentre i fianchi si piegavano al mio tocco. Trovai il clitoride e ci passai sopra prima di scivolare giù fino al suo ingresso per raccoglierne i succhi. *«Oh mio Dio.»* Sembrò scioccata ma in un buon modo, cosa che adorai. Strofinai più sicuro, girando intorno al clitoride e poi avvitando l'indice nel suo stretto ingresso.

Si strinse intorno al mio dito, cosa che fece premere furiosamente il cazzo contro la mia cerniera.

Le liberai i polsi per usare il pollice dell'altra mano per esplorare la fessura tra le sue natiche arrossate. Quando trovai il bottone stretto del suo ano, strinse il culo.

Le diedi una leggera sculacciata. «Vuoi che mi prenda cura di questo dolore, Chelle?» Le accarezzai il clitoride con un movimento lento e costante.

«Sì» gemette.

«Allora fai la brava e lasciami scopare anche il culo. Renderà tutto molto migliore, lo prometto.»

Si fermò, come in attento ascolto, o forse ci stava pensando su, perché dopo un attimo aprì ulteriormente le gambe e rilassò i muscoli del culo.

Lasciai cadere tra le natiche un po'di saliva da usare come lubrificante e premetti il pollice contro il suo culo fino a quando non lo rilassò e cedette. Non appena fui dentro, la ricompensai con colpi rapidi e profondi nella figa, usando due dita rivolte verso il basso in modo da poter strofinare sul suo punto G. Soffocò un grido, sollevando un piede in una bella posa.

«Oh! Nikolaj!» gridò.

Mossi il pollice nel culo mentre continuavo a scopare con le dita il suo canale stretto.

«Oh mio Dio, ma è follia! Non posso... ho bisogno di... oh!» Venne, l'ano e la figa si strinsero intorno alle mie dita in bellissime onde pulsanti. Aspettai che finissero, poi diedi qualche altra pompata lenta per favorire le scosse di assestamento.

«Oh» gemette. Allentai le dita e mi sporsi per baciare la sua guancia rosa.

«Piaciute la sculacciate?»

«Oh mio Dio» ansimò.

«Era un *sì*?» Le tirai su le mutandine e le slacciai la gonna in modo che cadesse, quando la aiutai a mettersi in piedi.

Gli occhi dorati erano sfocati e le sue onde color castagna erano un alone disordinato intorno al viso arrossato. Annuì, ma sembrava incapace di parlare. Ero assurdamente contento di me stesso per averla ridotta così.

«Ti porto a letto.»

Erano solo le nove, ma probabilmente sarebbe riuscita a crollare e dormire.

Mi alzai dal divano e le diedi un'altra delicata sculacciata.

«Vai a lavarti i denti mentre ti prendo un bicchiere d'acqua. Devi assolutamente reidratarti.»

«Mmm.»

Mi lavai le mani in cucina, poi presi un bicchiere d'acqua e trovai l'ibuprofene in uno degli armadietti.

Quando tornai, era già a pancia in giù sul suo letto. La aiutai a infilarsi sotto le coperte e le misi l'acqua e l'ibuprofene accanto.

«Buonanotte, coniglietto.»

Le diedi un bacio sulla fronte prima di spegnere la luce e chiudere la porta della camera da letto. In cucina, presi un blocco note e una penna per scarabocchiare un messaggio prima di andare.

Mentre uscivo, l'immagine di lei sgualcita e soddisfatta mi ritornò davanti agli occhi. Avrei dovuto scacciarla, ma non lo feci. Era un'immagine che non avrei dimenticato presto.

Soprattutto perché dubitavo che l'avrei rivista.

Potevo anche non essermi scopato Chelle, ma ero andato troppo oltre.

Non avrei dovuto prendermi alcuna libertà con lei.

Non quando sapevo con totale certezza che l'indomani si sarebbe pentita di tutto ciò che avevamo fatto.

Quello che era successo stasera non si sarebbe ripetuto. A meno che non l'avessi fatta ubriacare di nuovo, cosa che non avrei mai fatto.

Dovevo dimenticare quella donna perché, anche se eravamo attratti l'uno dall'altra, non avrebbe mai superato il suo pregiudizio nei miei confronti.

Ero il ragazzo che aveva picchiato suo fratello.

Ero nella bratva.

E un playboy, secondo lei.

Una donna come Chelle non avrebbe mai abbassato i suoi standard per uscire con un delinquente come me.

CAPITOLO SEI

Chelle

Oddio. La testa.

La sveglia suonò troppo presto, inviando onde d'urto attraverso il mio sistema che mi fecero sedere di colpo. Vidi un bicchiere d'acqua e dell'ibuprofene sul comodino, e tutto mi tornò di corsa in mente.

Il tizio che mi aveva offerto troppi drink al lounge.

Nikolaj che si presentava per salvarmi. Aspetta... com'era successo? Era troppo una coincidenza, no?

«Oh Dio» mormorai quando ricordai il glorioso e orribile seguito della serata.

Mi allungai e mi afferrai il culo mentre andavo verso la doccia. Era un po' dolorante, ma in senso buono. Quello che avevamo fatto – beh, quello che aveva fatto lui, perché io ero stata più una destinataria che una partecipante – era stato fuori dalla norma. Non avevo mai fatto nulla di lontanamente stravagante prima nella mia vita, e ora che l'avevo sperimentato ero abbastanza sicura che fosse roba per me.

Ma – oh mio Dio – con Nikolaj? A cosa cavolo stavo pensando? Era un delinquente e un playboy. Che imbarazzo. Il mio cervello si riavvolse, cercando di ricordare tutte le cose che avevo detto la sera. Quanto avevo rivelato. Ricordavo di avergli dato del playboy. L'avevo davvero pregato di sculacciarmi?

Imbarazzante! Imbarazzante! Imbarazzante!

Era ancora peggio dell'aver rimorchiato un perfetto sconosciuto in un bar.

Era un membro della *mafia* russa. Un gangster a cui mio fratello doveva trentamila dollari. E se così avesse solo fatto in modo di dimostrare a me – e a Zane – di esserci lui al comando? Ma no, non era quello il caso. Era stato rispettoso. Si era rifiutato di fare sesso con me, anche se lo avevo implorato. E mi aveva lasciato un bicchiere d'acqua e l'ibuprofene.

Cercai di ignorare i caldi battiti nel petto prodotti dai ricordi. Non avevo intenzione di innamorarmi di lui. Non avrei potuto commettere errore più grande.

Feci la doccia e mi vestii rapidamente per il lavoro. In cucina, dissi al mio Echo di suonare un mix acustico mattutino e tirai fuori uno yogurt dal frigorifero. Lo mangiai mentre mi preparavo una tazza di tè caldo, poi mi sedetti e controllai le e-mail di lavoro sul telefono mentre lo sorseggiavo.

Canticchiando la canzone che suonava, mi alzai per lavare il cucchiaio e la tazza.

Fu allora che vidi il biglietto. Mi si capovolse lo stomaco. Sul blocco c'era un messaggio scritto in nitide lettere squadrate.

Chelle Goldberg, sei adorabile. Pensa a me quando ti siedi oggi. —*N*

Sotto c'era un numero di telefono scritto chiaro.

Arrossi mentre strappavo il foglio. Lo accartocciai nel tentativo distruggere qualsiasi prova del mio comportamento assurdo della sera prima. Ma quando sporsi la mano per gettarlo nella spazzatura, qualcosa mi fermò.

No.

Non avrei dovuto tenere il suo numero.

Ma se ne avessi avuto bisogno? Magari per Zane, non per me.

Non lo avrei tenuto per me. Sicuramente non lo avrei mai richiamato per ripetere quello che avevamo fatto la sera prima.

Aprii il biglietto e scattai una foto con il telefono.

Ecco. Ora potevo buttarla via. La gettai nella spazzatura e finii di prepararmi per il lavoro. E poi, poiché ero pazza, tornai indietro e ripresi quel maledetto foglietto dal secchio e me lo infilai in borsa.

Nikolaj

Mi sedetti sulla sedia, incrociai le braccia sul petto e sorrisi. Dima aveva hackerato il feed del dispositivo Echo di Chelle in modo che potessi guardarla nella sua cucina. Era una completa violazione della sua privacy, ma non me ne fregava un cazzo.

Il pacchetto completo di cyberstalker di Dima mi aveva indicato che Chelle manteneva un programma abbastanza strutturato e prevedibile. Lavoro. Allenamento di spinning quattro giorni alla settimana in palestra, l'happy hour del mercoledì e poco altro. Ora che avevo stabilito che al Red Room non vedeva uomini, potevo decidere cosa fare con il mio nuovo interesse. E no, non mi sentivo minimamente in colpa per averla spiata.

Il mio gemello spiava chiunque gli piacesse, quindi a me sembrava più un diritto che un crimine. Inoltre, ne era valsa la pena guardare la sua reazione al mio messaggio.

Come mi aspettavo, si era imbarazzata. Avevo visto il rossore del suo viso quando l'aveva letto e quanto era stata veloce ad accartocciarlo. Ma poi lo aveva salvato.

Non sapevo se avrebbe chiamato. Non ero nemmeno sicuro di volerlo.

Stavo cercando qualcosa di reale, e lei non era il tipo di persona che avrebbe mai potuto accettare chi e cosa ero.

Ero sicuro che gran parte del mio fascino fosse l'aria pericolosa da cattivo ragazzo.

D'altra parte, non avrei detto che Ravil avrebbe avuto una cazzo di possibilità di convincere Lucy, il principale avvocato difensore della città, a stare con lui, ma lei si era convinta. Certo, non le aveva dato molta scelta.

L'idea di piegare Chelle alla mia volontà allo stesso modo aveva un certo fascino.

Avrebbe fatto qualsiasi cosa per salvare suo fratello, lo sapevo.

Ma avevo passato tutta la mia vita adulta a usare punti di pressione e violenze per piegare le persone alla mia volontà. Non volevo farlo anche in camera da letto.

Il mio telefono vibrò annunciando un messaggio di Ravil, così chiusi il laptop e portai il mio culo al piano di sopra per la riunione.

Tutta la nostra cerchia ristretta era già nel suo ufficio: Oleg, Maksim, Adrian, io. Dima era in videoconferenza. Ravil si sedette e strinse le mani dietro la testa.

«Lucy ha appena rifiutato di rappresentare un membro di un club motociclistico chiamato Devil Dawgs. È stato messo dentro con l'accusa di spaccio, ma la polizia sta indagando su di lui anche per sospetta tratta di esseri umani.»

Il corpo di Adrian scattò e il suo labbro superiore si tese.

Sapevo che Ravil aveva deciso di occuparsene perché

altrimenti Adrian si sarebbe immischiato da solo e si sarebbe messo di nuovo nei guai. L'anno precedente era quasi andato a processo per incendio doloso quando aveva bruciato la fabbrica di Leon Poval per vendicarsi di quello che era stato fatto a sua sorella.

«Sono guidati da qualcuno di nome Viper. Non c'è una chiara connessione con Poval, ma penso che dovremmo scoprirlo con certezza, no?»

«Lucy ti ha dato il nome del suo aspirante cliente? Posso fare delle ricerche» si offrì Dima. «Te lo recupero. Ma voglio che voi usciate a fare qualche domanda.»

«Penseranno che vogliamo entrare nel giro» avvertì Maksim.

«E voi lasciateglielo credere» disse Ravil.

«Non mi dispiacerebbe avere una scusa per calpestare quegli scarafaggi.» Maksim annuì. «Va bene. Giriamo in coppia. Nikolaj con Oleg. Io andrò con Adrian. Chiedete di comprare delle dosi per entrare nel giro.»

«Bene» annuì Ravil. «Riferitemi tutto ciò che trovate.»

Io e Oleg uscimmo e recuperammo armi e contanti prima di prendere l'ascensore per il parcheggio.

Non mi dispiaceva l'incarico. Era pericoloso, ma io e Oleg potevamo tener testa a tutti. Quando io e Dima eravamo entrati nella bratva, quando il nostro *pachan* dava un ordine noi ci affrettavamo a conformarci solo per evitare che ci tagliassero la gola.

Da quando eravamo finiti sotto Ravil, ci muovevamo più per l'impulso di compiacere il capo. Qualunque cosa ci chiedesse, noi eseguivamo con l'intenzione di impressionarlo. Avevo trasformato il mio lavoro di allibratore della bratva in uno scopo di vita. Gestire le partite di poker era un piacere per me. Mi piaceva il mio ruolo di padrone di casa. Non mi dispiacevano il sangue e la violenza necessari per recuperare le entrate.

Adoravo gestire i soldi. Oltre alle partite di poker, gestivo scommesse sportive e merda da usuraio in generale.

Ravil dava anche microprestiti agli inquilini russi del suo edificio. Prestiti alle start-up per le loro imprese, merda così.

Se erano inadempienti, non rompevo nasi e dita. Io, Maksim e Ravil andavamo a controllare le loro attività e apportavamo modifiche per portarle a profitto.

Quelli lì avevano forse scelta? Cazzo, no. Erano comunque in nostro potere. Ma non usavamo la violenza. Qualcuno aveva provato a fregare Ravil?

No. O almeno nessuno lo aveva ancora fatto. Di solito erano tutti così fottutamente grati che avrebbero chiamato i loro primogeniti come lui. Quella merda per strada non era la mia attività preferita. In passato, il pericolo e la necessità di compiacere Ravil sarebbero stati sufficienti a impedirmi di lamentarmi, ma più lontano dalla strada riuscivamo a stare, meno appeal aveva. Oggi uscire per comprare droga e ottenere informazioni sul traffico sessuale era duro come un calcio nelle palle.

C'entrava anche Chelle Goldberg, ma non sapevo cosa. Sapevo già che non sarebbe rimasta con uno come me, anche se conosceva solo i miei lati migliori. Quel lavoro probabilmente era la conferma di ciò che lei già credeva di me, anche se lo stavamo facendo solo a fini investigativi per trovare Leon Poval.

Pensava che io fossi un delinquente che aveva corrotto suo fratello. Comprare droga per strada non le sarebbe sembrato bello. Avrebbe confermato la sua convinzione che non ero qualcuno la cui vita avrebbe dovuto incrociare la sua.

Io e Oleg incontrammo varie persone prima di ottenere il nome di uno spacciatore che si faceva chiamare Rattlesnake.

Ovvio che al nome di un serpente ne seguisse un altro. Lo incontrammo dietro un minimarket di una stazione di servizio. Indossava un gilet di pelle e aveva una lunga barba incolta. La sua organizzazione doveva essere un club motociclistico.

Era ovviamente un'operazione molto di classe.

«Ho sentito dire che lavori per Viper» buttai lì casualmente mentre gli consegnavo millecinquecento dollari per venti grammi di coca. Uno spreco di denaro, perché avrei buttato quella merda nello scarico. Ravil non permetteva l'ingresso di droghe al Cremlino, non che io ne avessi mai provata.

Quel ragazzo aveva tatuaggi di serpenti che gli strisciavano sul collo e sul lato del viso. Mi fissò per un minuto con la faccia completamente inespressiva, poi prese con disinvoltura la pistola.

Mi costrinsi a non battere ciglio.

Non ho mai desiderato morire. Non come Dima nei suoi anni più spericolati. Ma non sprecavo energie nemmeno per la paura.

Dopo però il proiettile dell'estate precedente, era difficile non ricordare la fragilità di un corpo. Ma ne avevo anche capito la resistenza. Sapevo che non c'era nessuna possibilità che Oleg permettesse che mi sparassero di nuovo, perché si era incolpato di quello che era successo l'ultima volta. Era abbastanza vicino a quel *mudak* da poterlo disarmare e spargli in testa prima che il ragazzo potesse battere le palpebre.

«Sei un poliziotto?» chiese, puntandomi la pistola alla testa.

La sua domanda abbassò significativamente la mia opinione su di lui. Se questo era tutto ciò di cui era preoccupato, non aveva idea di quanto fossi davvero pericoloso per lui e la sua organizzazione.

«No» dissi tranquillamente. «Sono interessato ad alcuni dei rapporti commerciali del tuo capo. Mi piacerebbe acquistare l'altro suo prodotto.»

Rattlesnake mi guardò senza battere ciglio per un altro minuto, e mi chiesi se il soprannome veniva da lì. Il suo sguardo era molto simile a quello di un serpente. «Chi sei?» disse infine.

«Nikolaj Novikov.»

«Sei russo?»

«Ovviamente.»

«*Mafia* russa?»

Inclinai la testa.

Guardò me e Oleg e poi mise via la pistola.

«Vuoi la figa?»

«Vogliamo acquistare. Non affittare.» Continuai a mostrare il disgusto sul mio viso.

«Quante?»

Scrollai le spalle.

«Tutte quelle da cui siete disposti a separarvi.»

«Hai un numero?»

Tirai fuori un biglietto da visita e glielo consegnai. C'erano solo il mio nome e un numero VPN impostato da Dima, irrintracciabile. Neanche il cognome era vero. L'avevo scelto quando eravamo entrati nella bratva e avevamo dovuto crearci nuove identità.

Mi era piaciuto l'idea dell'anello di Novikov. Dima trovava assolutamente ridicoli al giorno d'oggi i biglietti da visita con telefoni cellulari e dati digitali, ma una parte del mio lavoro consisteva nel coltivare relazioni importanti.

Dovevo convincere la gente a scommettere con me e a tornare, ancora e ancora. Un biglietto da visita da distribuire a volte era utile.

Rattlesnake lo prese e se lo intascò. «Lo darò al capo. Non so se sta vendendo, ma può darsi di sì.»

«È lui... il proprietario originale?»

Il serpente a sonagli spinse fuori il labbro inferiore e scosse la testa.

«No. Uno le ha scaricate qualche mese fa. Le ha lasciate davvero a buon mercato, ma sono una rottura di palle.

«Un americano?»

Il serpente a sonagli strizzò gli occhi. «Perché me lo chiedi?»

Mi si accapponò la pelle. Se fosse stato americano, Rattlesnake lo avrebbe detto.

Poval era ucraino. Il proprietario delle schiave avrebbe potuto essere uno dei suoi rimasto dietro le quinte dopo che Adrian aveva dato fuoco alla fabbrica di divani e Poval era scomparso.

«Semplice curiosità. Mi interessano le connessioni. E la cocaina.» Alzai il sacchetto di coca.

Mi lanciò di nuovo quello strano sguardo senza battere ciglio e poi annuì. «*Do svidanija.*» Alzò la mano per salutare mentre si allontanava.

Mi attraversò un brivido. Forse parlava russo perché era da lì che provenivano le schiave del sesso. Forse quello era davvero un contatto con Leon Poval e il suo commercio di ragazze russe come Nadja, la sorella di Adrian.

Non sapevo se Ravil avrebbe detto a Adrian quello che avevamo scoperto.

Aveva la tendenza a muoversi da solo, e anche se aveva imparato molto da noi nell'anno in cui era stato con la cellula, era ancora giovane.

Si era fatto beccare a incendiare la fabbrica di divani di Leon, dopo aver trovato e salvato sua sorella.

Oleg aspettò che Rattlesnake si allontanasse prima di emettere un feroce ringhio di gola.

«Sono d'accordo» mormorai. «Forse abbiamo trovato

la pista per Poval. Aspetta a dirlo a Adrian fino a quando il *pachan* non ci dà istruzioni.»

Oleg aggrottò le sopracciglia e fece i segni per dire: *io non parlo*.

«Beh, parli più di prima.» Gli diedi una pacca sulla schiena.

~

Nikolaj

Il giorno dopo io, Oleg e Adrian andammo a prendere Zane fuori da una delle sue lezioni.

Sì, avevo il suo programma completo delle lezioni; per Dima era stato un lavoro facile. Nel momento in cui ci vide, scattò di corsa nella direzione opposta.

«Non costringermi a inseguirti.» Non alzai nemmeno la voce. Zane rallentò e poi si fermò, dandomi le spalle.

Lo affiancammo; Oleg gli lasciò ricadere una mano sulla spalla.

«Portalo al garage» dissi in russo per tenere Zane all'oscuro. Oleg spinse Zane in un angolo del garage di cemento dove lo girai per guardarlo in faccia.

«Sai perché sono qui?»

Zane impallidì, la pelle gli diventò verde intorno alla bocca come se stesse per vomitare.

Abbassò le spalle. «L'anello.»

«*Da*. L'anello.»

«Ti farò un altro pagamento.»

«Lo so» dissi tranquillamente. «La visita non riguarda il tuo debito.» Gli diedi un pugno sul naso, sentendo uno schiocco mentre si spostava di lato. Si piegò su sé stesso, tenendoselo. «Riguarda l'aver mandato tua sorella a casa mia.»

Il sangue iniziò a riversarsi sulle sue scarpe. Oleg gli

sollevò il busto con una sola mano sulla spalla. Gli diedi un pugno nello stomaco. «E questo è per averla fatta piangere.»

Barcollò all'indietro verso Oleg. Feci un cenno a Oleg perché lo raddrizzasse di nuovo, e quando lo fece, mi avvicinai. Si agitò quando gli raggiunsi il viso e gli misi pollici su entrambi i lati del naso. Con un altro scatto, raddrizzai la frattura.

«Comportati meglio, *mudak*. Tua sorella non merita di occuparsi della tua merda.»

Zane farfugliò e aprì la bocca come per rispondere, ma quando alzai le sopracciglia, la chiuse di nuovo.

Inclinai la testa, cosa che Oleg giustamente decifrò come un cenno che significava: *lascialo andare*.

«Ci vediamo venerdì» dissi mentre ci allontanavamo.

Mi parve di sentire Zane borbottare *vaffanculo* mentre ce ne andavamo, ma lasciai perdere.

CAPITOLO SETTE

Chelle

Janette era stata nella sala conferenze con i potenziali clienti, le star dello skateboard del gruppo Skate 32, per tutto il pomeriggio.

Per un qualche motivo, avevo pensato che fossero più giovani. Forse perché lei me li aveva descritti così. Ma erano più uomini con la *sindrome di Peter Pan*. Sulla trentina abbondante che ancora di vestivano e si comportavano come sedicenni.

Non avevo visto alcun segnale di professionalità né di senso degli affari da parte loro quando avevo portato dentro bevande e snack. E magari era proprio per quello che avevano bisogno di noi.

Erano quasi le cinque quando Janette si presentò alla mia scrivania. Era pallida e sudata, il che mi spronò ad alzarmi per andarle incontro, preoccupata che qualcosa fosse andato storto.

«Oh mio Dio, penso di aver mangiato qualcosa di avariato pranzo» disse. «Ho appena vomitato pure le viscere in bagno, scusa i dettagli disgustosi. Senti, devo tornare a casa. Stasera non posso portare fuori i ragazzi.»

«Oh, sono sicura che capiranno» dissi rapidamente. «Gli farò sapere che hai dovuto annullare.»

«No», disse bruscamente, chiaramente seccata. «Devono firmare. Devi portarli fuori tu. Mostragli la città, usa la lista che mi hai fatto.»

«Ah, ehm... sì. Va bene.»

«Ma portati un ragazzo. Mi sembrano un po' arrapati. Non mi sento a mio agio a mandarti fuori con loro da sola.»

Un ragazzo? Guardai l'ufficio con ansia, ma come al solito ero l'unica ancora lì di venerdì sera.

«Portati un ragazzo. Di' che è il tuo fidanzato. Insomma, non penso che siano pericolosi, ma non voglio che le cose diventino imbarazzanti per te, ok?»

Ah! Forse Zane sarebbe venuto. O si sarebbero accorti che non era un fidanzato perché ci assomigliavamo troppo?

Janette si strinse lo stomaco. «Oh Dio, devo andare. Digli che li andrai a prendere in hotel tra un'ora o due. La tua auto è pulita? Prendi un taxi, se non lo è.» Gemette. «Devo proprio andare. Chiudi l'accordo e ti farò diventare account junior.»

Wow. Ok. Quella era un'offerta che non potevo rifiutare.

«Chiuderò l'accordo» promisi, anche se avevo forse il venti per cento di fiducia nella mia capacità di riuscirvi. Insomma, non mi aveva nemmeno invitata in sala conferenze con loro oggi, ed ero stata io a occuparmi della presentazione.

Avrebbe potuto essere la mia occasione di mettermi alla prova. Di diventare finalmente una pubblicitaria, invece di rimanere una maledetta assistente.

Raddrizzai le spalle e andai alla sala conferenze.

«Ehi.»

«L'assistente!» Uno di loro mi salutò come entusiasta di vedermi. «Cosa ci facciamo ancora qui, Assistente? Pensavo che ci avreste portati fuori.»

«Ooh, sarà lei a farci compagnia questa sera? Non male. Meglio di miss Completo-con-pantaloni.» Agitò il pollice verso la porta. Non credevo che a Janette sarebbe dispiaciuto il soprannome.

Per la miseria. Avevo senza dubbio bisogno di un accompagnatore per la serata. Cercai di non pensare al biglietto accartocciato nella mia borsa. Non avevo assolutamente intenzione di chiamare Nikolaj.

Mai. Insomma, mai, mai.

«Janette ha detto che ci porterai ovunque vogliamo andare con la carta aziendale, quindi credo che ci vada il sushi più costoso della città. Puoi pensarci tu, Assistente?»

«Ehm...» Il cervello mi partì in bomba, e non solo nel tentativo di capire in quale ristorante portarli ma anche vacillando dopo aver capito in pieno di non essere in grado di gestirli. Erano decisamente turbolenti. Del tutto irrispettosi.

Ecco chiarito perché Janette pensava che avessi bisogno di un accompagnatore.

Ma non potevo entrare in modalità completa-stronza – un mio classico quando mi sentivo con le spalle al muro – perché dovevo chiudere l'accordo.

Mi raddrizzai. «Mi chiamo Chelle, chiamatemi Chelle» dissi con fermezza.

«E voi?»

«Tiny» disse quello basso alzando la mano.

«Randy» disse un altro, facendo sembrare la parola suggestiva.

«Di nome e di fatto?»

Sorrise.

«Esattamente.»

«Ottimo. E tu?» Mi rivolsi al terzo.

«Bones» rispose.

«Bones.» Mi trattenni dal fare qualsiasi commento sui nomi. «Ok, Tiny, Randy e Bones. Posso portarvi a mangiare del buon sushi, ma Janette aveva prenotato in un ristorante messicano di lusso. È molto popolare...»

«No» interruppe Bones. «Vogliamo il sushi.»

«Sushi costoso» aggiunse Tiny.

Riuscii a non alzare gli occhi al cielo. «Ok, vedo se riesco a prenotare. Voi potete tornare all'hotel per prepararvi per la cena; vi vengo a prendere alle sette.»

«Io non ho bisogno di prepararmi» disse Randy.

«Non dobbiamo vestirci bene, vero?» si lagnò Tiny.

«*Io* devo prepararmi» dissi con fermezza. «Datemi i vostri numeri e vi chiamerò quando arrivo all'hotel.»

Randy mi diede il suo numero, e riuscii a far uscire i ragazzi, poi collassai sulla sedia della mia scrivania e gemetti. Cercai di prenotare nei tre migliori ristoranti di sushi e depennai tutti e tre.

Era venerdì sera. Nemmeno tirare fuori il nome dell'azienda fu utile. Porca puttana. Non avevo un accompagnatore né un posto dove andare.

Respirai con calma e tirai fuori dalla borsa il foglietto accartocciato con il numero di Nikolaj. Era una cattiva idea. La peggiore di tutte.

Le cose sarebbero potute andare molto male, e quelli erano potenziali clienti che dovevo convincere a firmare. Ma non ero affatto sicura di saperli gestire da sola.

Distesi il biglietto sulla scrivania e presi il telefono. *Ecco il peggior piano di sempre.* Composi il numero di Nikolaj. Rispose al secondo squillo.

«Non mi aspettavo che chiamassi.»

«Ehm, non mi aspettavo nemmeno io di chiamare. Non sto chiamando per…ehm. Sì. Non sto chiamando per quello. Quello che abbiamo fatto ieri sera. Ho bisogno di un enorme, enorme favore.»

«Mi stai chiamando per un favore?»

Sembrava sorpreso. Sapevo che era una cattiva idea.

«Credo che tu me ne debba già uno per averti restituito l'anello.»

«Lo so. Lo so perfettamente. Solo che... *argh*.»

«Che c'è?» La sua voce si acuì un po', come credendomi in pericolo o qualcosa del genere.

«Il mio capo si è ammalato e devo portare dei ragazzi fuori stasera e intrattenerli e convincerli a firmare con noi, ma sono un po' turbolenti e ho di nuovo bisogno di un fidanzato finto.»

«Quanti ragazzi turbolenti?»

«Tre. Sono skateboarder. E vogliono andare nel miglior ristorante sushi in città, ma non ho una prenotazione da nessuna parte, quindi devo inventarmi qualcosa.»

«Va bene. Ti farò da guardia del corpo. A che ora?»

Mi attraversò una sensazione di sollievo inaspettato.

«Davvero?»

«A che ora, Chelle?»

«Dovrei andare a prenderli alle sette all'Hotel Grand. Devo...»

«Ti vengo a prendere alle sei e trentacinque» mi interruppe.

«Oh. Davvero? Hai posto per tutti nella Tesla?»

«Vengo col suv.»

«Ehm…»

«Ciao, Chelle.» Agganciò prima che potessi dire altro. Cercai di ignorare il modo in cui le viscere sembravano scoppiettare tanta era l'eccitazione per il fatto che mi avrebbe fatto da accompagnatore.

O per il piacere per come pronunciava il mio nome.

Chelle Goldberg, sei adorabile. Mi ricordai quelle parole prima che gli occhi ne cercassero la prova sul biglietto.

Avevo fatto bene a chiamarlo.

Era solo lavoro.

Solo perché ero in un pasticcio e non avevo scelta.

Nikolaj

Mandai un messaggio a Chelle quando arrivai al suo appartamento, e lei uscì di corsa con un'altra gonna aderente e stivali alti fino al ginocchio. Salì sul sedile anteriore; aveva un profumo caldo di miele che mi fece venire voglia di leccare ogni centimetro di lei.

«Belli gli stivali.»

«Bella la giacca» disse, notando la giacca nera che indossavo sopra la camicia color lavanda. Chi aveva tanti tatuaggi come me doveva vestirsi elegantemente per essere preso sul serio. Avevo imparato quell'arte da Ravil e Maksim, che sembravano sempre usciti dalla copertina di una rivista maschile.

L'elettricità tra di noi si mosse: una leggera eccitazione, come fossimo stati a un vero appuntamento e non a uno strano favore di lavoro.

«Grazie.» Sembrava un po' senza fiato.

«Ci sarà un prezzo da pagare» le dissi, tirando le labbra in un sorriso in modo che non andasse completamente fuori di testa.

Non mi dispiaceva che si sentisse un po' al limite con me. Doveva esserlo. La verità era che ero un tipo pericoloso. Agivo facendo leva sulla paura, quindi far pensare alla gente di essere al sicuro sarebbe stato un errore. Suo fratello mi doveva un sacco di soldi, e non potevo lasciarlo fuori dai guai per questo.

Guardò in basso e rovistò nella borsa per prendere il telefono. «Devo prenotare da qualche parte» disse. «Idee? Volevano sushi di livello.»

«Stanno solo tastando il terreno per vedere quanto sei disposta a soddisfare le loro richieste. Pensano di essere delle rock star?»

«Chiaramente.»

«Andiamo al Lucky Roll.» Nominai il ristorante di sushi più costoso di cui avessi mai sentito parlare. I piatti partivano da trecento dollari. Lo sapevo solo perché Maksim e Saša erano dei fan e ci avevano portati là in passato.

«Ho già chiamato lì. Hanno detto che non hanno posto nel fine settimana per mesi.»

«Posso farci entrare» dissi, convinto solo in parte che fosse vero. Avevo visto Maksim ungere le tasche del maître per farci entrare, l'ultima volta. Avrebbe potuto funzionare di nuovo. Valeva la pena provare. Certo, se avessi fallito, avrebbe potuto essere imbarazzante.

Mi diressi verso l'hotel e lei mandò un messaggio ai suoi aspiranti clienti affinché scendessero.

Nel momento in cui li vidi, mi rilassai un po'. Sapevo gestire questi stronzi, nessun problema. Ora capivo perché aveva chiamato me e non qualcun altro.

Venivano dalla strada come me. Scesi dal suv per presentarmi e Chelle seguì il mio esempio.

«Nikolaj, loro sono Bones, Tiny e Randy. Ragazzi, lui è il mio fidanzato Nikolaj.»

Videro i miei tatuaggi e sembrarono approvare; ognuno mi diede una specie di stretta di mano accostando il pugno.

«Niko!» disse Bones. «Posso chiamarti Niko?»

«No, non puoi» risposi immediatamente.

«Oh, *schwang*!» ridacchiò Tiny– qualunque cosa signifi-casse – mentre Randy fece il suono di un gong.

Accompagnai i ragazzi al sedile posteriore del suv e portai tutti al Lucky Roll.

«Allora, ho sentito dire che siete grandi pornostar» dissi con aria normale.

«Cosa?» chiese Tiny.

«Diavolo, sì.» Bones sorrise. «Da dove pensi che venga il mio nome?»

Chelle gemette forte mentre i ragazzi nei sedili poste-riori risero.

«No, davvero. Di cosa vi occupate? Siete skateboarder?»

«Sì. YouTuber. Abbiamo un canale con venti milioni di follower» disse Randy.

Fischiai. «Impressionante. Allora a che vi serve un pubblicitario?»

Guardai nello specchietto retrovisore mentre guidavo.

«Beh, non credo che ci serva» affermò Bones, incro-ciando le braccia al petto. Randy sorrise e basta. Seguirono piccole alzate di spalle.

«Abbiamo un negozio online da espandere. Forse valu-tare il franchising. Abbiamo bisogno di branding e merda di questo tipo.»

Annuii.

«Fantastico.» Chelle si girò sul suo sedile. «Cosa ne pensate della presentazione di Janette di oggi?»

Controllai i loro volti nello specchietto retrovisore. Nessuno di loro sembrava molto impressionato, ma avevo anche la sensazione che stessero prendendo in giro Chelle. Per spennarla con la serata e una cena costosa mentre prendevano una decisione.

Trovai un posto nel parcheggio sotterraneo del ristorante, e prendemmo l'ascensore fino all'ultimo piano. Il ristorante sembrava pieno.

«Dammi un minuto» dissi a Chelle, e mi diressi alla reception. Tirai fuori un rotolo di banconote da cento dollari e ne tolsi quattro dalla parte superiore per tenerle tra le dita.

Mostrai i soldi al maître. «Ascolti, la mia ragazza ha dei vip in città che hanno insistito per venire nel suo ristorante per cena.» I ragazzi non erano vestiti in modo appropriato per un bel ristorante, e in parte era per quello che li avevo definiti vip. Speravo che il loro presunto status di celebrità gli desse un lasciapassare per l'aspetto. «So che siete pieni, ma riuscite a trovarci un tavolo per cinque?»

Il tizio guardò i soldi e poi me. «Certamente, signore.» Prese senza problemi le banconote. «Ho un tavolo privato per voi con la vista migliore della città. Datemi solo pochi minuti per prepararlo.»

Annuii e lui sparì. Quando tornai indietro, gli occhi dorati di Chelle erano fissi sul mio viso con una specie di espressione di sbigottita aspettativa.

Le feci un cenno del capo e guardai la sua piccola figura rilassarsi un po'.

Prendermi cura di lei mi faceva sentire bene. Improvvisamente avrei voluto essere lì da solo con Chelle. A un vero appuntamento.

Considerando che non uscivo mai per appuntamenti, era uno strano desiderio. Ma in effetti di solito neanche stalkeravo le donne, e ora avevo Chelle fissa nel mirino. Il maître tornò e ci accompagnò al tavolo, e i ragazzi iniziarono a ordinare le bevande e il sushi più costosi del menù.

Chelle scelse saggiamente di bere solo acqua. Feci conversazione facendo domande e tenendoli impegnati. Il tipo di merda che facevo ogni venerdì sera alle giocate.

Il liquore li rese più chiassosi, ma non erano ingestibili.

«Allora, tu cosa fai, Nikolaj?» chiese Randy.

Incrociai il suo sguardo con sicurezza. «Faccio parte della *mafia* russa.»

MI STROZZAI CON L'ACQUA.

I ragazzi risero, poi Tiny disse: «Non riesco a capire se è serio.»

«Ma no che non lo è» intervenni. «È un contabile.»

«*Da*» concordò Nikolaj. «Mi occupo di numeri.»

Alzai gli occhi al cielo in modo esagerato, come se stesse scherzando. Per tutto il tempo, il mio stomaco rimase bloccato nel plesso solare. La cena sarebbe costata letteralmente una fortuna: avevo fatto il conto a mente e avevamo già con ogni probabilità superato i duemila. Senza contare i soldi che Nikolaj aveva speso per procurarci un tavolo.

Ero sicura che lo avrei ripagato con un sacco di interessi. Avevo la carta di credito aziendale, ma se non avessi concluso l'affare Janette probabilmente mi avrebbe uccisa. Non potevo essere più stressata. L'unica cosa che andava bene quella sera era, beh, Nikolaj.

La mia grazia salvifica.

Ci aveva portati lì. In qualche modo teneva sotto controllo i miei turbolenti ospiti chiassosi, e in realtà pensavo che a loro piacesse.

Non riuscivo a immaginare quanto sarebbe stata imbarazzante e diversa la serata senza di lui. A peggiorare le cose, i ragazzi continuavano a ordinare sempre più bevande e più sushi.

Ero convinta che si fossero sfidati a vicenda ad arrivare

al conto più alto possibile. Non sarei stata affatto sorpresa se fosse stato esattamente quello il piano.

Probabilmente stavano filmando segretamente tutto per metterlo sul loro canale YouTube e prendermi in giro.

Cercai delle telecamere nascoste, ma non ne vidi nessuna. D'altra parte, cosa ne sapevo io di quel genere di cose? Quando finalmente arrivò il conto, mi rifiutai di guardarlo. Tirai fuori l'American Express e la misi nella cartella.

«Grazie per la cena» disse Boner con sguardo malizioso.

Sì, mi stavano sicuramente prendendo in giro.

«Ora ci piacerebbe vedere la vita notturna di Chicago. Janette ci aveva promesso di portarci in città.»

«Certo, potremmo andare...»

«Portaci in uno strip club!» mi interruppe Randy.

«Ehi» disse Nikolaj bruscamente, richiamando l'attenzione di tutti e tre. «Stai parlando con la mia ragazza, quindi mostra un po' di rispetto o ti ficco la testa nel water. Com'è che si dice qui? Il vortice?»

«Ooh» dissero gli altri due. «Oh, anch'io penso che lo farebbe» disse Tiny.

Randy mi guardò. «È davvero nella *mafia* russa?»

«Non ne possiamo parlare» dissi in modo compassato, stando al suo gioco come se fosse tutto un grande scherzo.

Nikolaj mi lanciò un sorriso soddisfatto e spinse indietro la sedia per alzarsi.

«La band di una mia amica suona non lontano da qui. Dai, vi piacerà.»

I ragazzi seguono tutti Nikolaj se fosse stato il loro leader naturale. Mi ci volle un minuto per riorientarmi. Avevo la mia lista di possibili cose da fare nella testa, e la mia mente stava ancora vagando alla ricerca della cosa migliore quando mi resi conto di essere fuori dai guai. Nikolaj aveva la serata in pugno.

Grazie Dio per il mio improbabile eroe.

Ma no, Nikolaj non era un eroe. Dovevo ricordarmelo. Era un criminale pericoloso. Probabilmente uccideva le persone nei vicoli.

Sicuramente usava la violenza e l'estorsione per ottenere quello che voleva.

E, peggio ancora, aveva le palle di mio fratello nel pugno, in quel momento.

Catalogarlo come un eroe sarebbe stato un errore di proporzioni epiche.

Tuttavia, non riuscivo a rimpiangere di avergli chiesto di gestire la serata. Probabilmente me ne sarei pentita molto quando avrebbe richiesto un favore in cambio.

Sperai che non fosse nulla di illegale o sgradevole. Non riuscivo a decidere se sperare o no che fosse di natura sessuale.

Al momento non riuscivo a pensarci. Dovevo solo superare la serata.

Nikolaj ci portò in una specie di pub grunge. Non era un posto in cui avrei mai portato un potenziale cliente, ma i ragazzi di Skate 32 sembrarono adorarlo.

C'era una band sul palco, ma ancora non suonava. Si stavano preparando e controllando gli strumenti.

«Nikolaj!» Una giovane con un caschetto biondo platino alla Debbie Harry salutò dal palco, e qualcosa in me diventò fragile e rigido. Argh. Naturalmente la persona che conosceva della band era una donna.

Nikolaj era un playboy incallito. Ecco perché era così bravo a gestire quello strano evento sociale. Era il tipo che usciva con una diversa ogni fine settimana. Assolutamente pratico di quel genere di cose.

Nikolaj ci trovò un tavolo verso l'angolo in fondo, perché disse che il locale sarebbe diventato rumoroso. Posizionai la sedia all'estremità, il più lontano possibile da tutti loro. Non avevo abbastanza energie per affrontare la cosa. Sicuramente non sarei riuscita a gestire nessuno di quei ragazzi, incluso quello che avevo invitato di mia sponte.

Nikolaj si sporse in avanti e agganciò una mano sotto il sedile della mia sedia per trascinarmi dietro l'angolo accanto a lui.

Gridai un po' quando la inclinò, e lui rallentò ma continuò a tirare fino a quando non fui proprio accanto a lui.

«Non ti faccio mica cadere» disse, come se avessi dovuto già saperlo. Una cameriera venne a prendere gli ordini, e anche lei conosceva Nikolaj.

Non riuscii a fermare l'ondata di gelosia che mi salì in bocca e in gola. Lui mi guardò. «Stai bene?»

«Sto bene» mentii. Sarei stata bene non appena avessi superato la serata. Ma poi non riuscii a trattenermi.

«Quindi sei amico della band?»

Annuì. «Di Story.» Sollevò il mento verso la bionda. Avrei voluto andarmene. Avrei potuto? Sarebbe stato troppo strano? La band probabilmente faceva schifo. No, assurdo. Non potevo andarmene. Avrei dovuto assicurarmi che l'accordo venisse chiuso entro l'indomani. Ingoiai la bile. «E siete tipo…»

Nikolaj si beffò dolcemente di me con un sorriso divertito. «Io e Story?» Gesticolò indicando entrambi. «No. Aspetta solo un minuto e tutto diventerà chiaro.»

Aggrottai le sopracciglia, odiando il mistero. Cosa sarebbe diventato chiaro?

«Guarda.» Puntò la testa verso un gruppo che stava

entrando. Non riuscivo a capire di cosa stesse parlando. Il gruppo si sistemò ai tavoli proprio di fronte al palco. E poi mi resi conto che aveva ragione. Diventò infinitamente chiaro.

Perché Story saltò di corsa dal palco e atterrò direttamente tra le braccia di un enorme uomo tatuato.

Un ragazzo che riconobbi di aver visto alla suite dell'-hotel, dove avevano organizzato la partita di poker. Tutto ciò che c'era di rigido e pungente dentro di me si sciolse improvvisamente come caramello caldo. La dimostrazione pubblica di affetto era stata adorabile. Vedere il modo in cui il gigante muscoloso guardava la sua ragazza con amore totale mi faceva svenire.

«È la fidanzata *del tuo amico*» dissi con sollievo. Il sorriso di Nikolaj era caldo, ma il suo sguardo non era posato su di loro, ma su di me.

«*Da*. Sono miei coinquilini. Tutti.»

Strano.

Strano nel senso di attaccaticcio, disagevole ma comunque caldo.

Perché da quel momento, Nikolaj divenne improvvisamente umano ai miei occhi.

Non era solo l'allibratore bratva. Il mostro che prestava denaro e spaccava le facce per ottenere pagamenti.

Era uno che aveva coinquilini e amici.

Amici che ovviamente gli volevano profondamente bene.

Guardai il ragazzone riportare Story sul palco e sollevarla delicatamente su di esso.

Lei prese in mano la chitarra elettrica, annuì al resto della band e si lanciarono in una canzone divertente e frenetica.

Gli skater, impegnati a battere un giro di shot di vodka

ordinato da Nikolaj, applaudirono, apparentemente apprezzando la musica.

Nikolaj lanciò un braccio intorno allo schienale della mia sedia, reclamandomi casualmente, come a un vero appuntamento. Come una vera coppia.

Che bello sentirsi così.

Per un minuto feci finta che fosse quella in realtà la mia vita.

Che fossi lì con Nikolaj e i suoi amici a godermi della musica dal vivo.

«Suonano spesso qui?» chiesi, cercando di scoprire qualcosa di più sulla sua vita.

Annuì.

«Ogni giovedì. Ti piacciono?»

«Sì. Sono bravi. Tanto.»

«Benvenuti!» disse la cantante al microfono. «Io sono Story, e noi siamo gli Storyteller.» Guardò di nuovo nella nostra direzione. «Ho sentito che abbiamo alcuni ospiti speciali stasera. Nikolaj, hai portato i ragazzi di Skate 32?»

Boner, Tiny e Randy impazzirono, si alzarono in piedi e presero a urlare e gridare come se la loro squadra avesse appena segnato un gol.

«Mio fratello Flynn è un vostro grande fan.» Agitò il pollice alle sue spalle, verso il chitarrista solista che sembrava una sua versione più giovane.

Flynn fece il segno dello shaka con la lingua fuori verso di loro.

Non potevo crederci.

«Tu lo sapevi?» chiesi a Nikolaj, che rise e scosse la testa incredulo.

Dopodiché, la festa iniziò. Mi dimenticai di controllare gli ospiti, perché si stavano divertendo. La conversazione divenne più rilassata, la loro turbolenza meno aggressiva, e calò un'atmosfera più festosa.

A metà della seconda parte del concerto, Nikolaj mi tirò sulle sue ginocchia.

«Fermo, cosa stai facendo?» chiesi, cercando di non fare una scenata mentre tentavo di tornare sulla mia sedia.

«Ssh. Sei la mia ragazza. Comportati di conseguenza.»

«Nikolaj...»

«Silenzio.»

Usò il braccio intorno alla mia vita per trascinarmi più su, sulle sue ginocchia.

«Guarda la band.»

Me ne stetti seduta rigida per alcuni minuti, poi iniziai a rilassarmi mentre tracciava cerchi leggeri intorno al mio ginocchio con la punta delle dita.

Non avrei dovuto sedere sulle ginocchia di Nikolaj.

Anche se fosse stato il mio vero fidanzato – cosa che non era assolutamente – sarebbe stato poco professionale. Ero con dei potenziali clienti.

Clienti che d'altra parte si stavano sbronzando e guardavano la band, non me.

C'era anche il fatto che le dita di Nikolaj iniziavano a trascinarsi verso l'interno coscia, e mi stavano facendo accelerare il battito. Soprattutto perché ricordavo vagamente – ok, ok, ricordavo persino i dettagli – quanto fosse abile con le dita. In particolare nella regione del mio corpo dove era diretto.

Mi dimenai un po' sulle sue ginocchia, la mia mente tornò al mantra «che idea orribile» mentre le sue dita mi mandavano formicolii su e giù per la spina dorsale.

I denti di Nikolaj mi segnarono la spalla e io mi sfregai sulle sue ginocchia, perdendo fiato.

«Avevi male oggi, Lentiggini?» Il suo alito caldo era sulla mia nuca.

Scossi la testa e annuii allo stesso tempo.

«Eri arrabbiata?»

Domanda buffa, considerato che ero stata io a implorarlo la sera precedente, ma lo apprezzai.

Mi aveva fatto un po' male, ed ero ubriaca.

La sua domanda dimostrava un livello di considerazione che non mi sarei aspettata da un ragazzo come lui.

Solo che stavo iniziando a rendermi conto che non sapevo come fosse in realtà *un ragazzo come lui*. Avevo uno stereotipo sfocato messo insieme dai film e basato su quello che aveva fatto a Zane. Ma le altre parti non si adattavano per nulla.

Le sue dita mi scivolarono sulla gonna, sfiorando leggermente le calze.

«Mi piacciono le tue gonne strette, *zajka*. Ti vesti come se dovessi diventare presto il capo.»

Mi girai per guardarlo in faccia, perché le parole mi sorpresero. Mi diedero soddisfazione e mi agitarono, anche. Mi vedeva in gonna per due giorni di fila e improvvisamente conosceva i miei obiettivi di vita.

Il suo sguardo azzurro si fissò sul mio volto, intento e più serio di quanto non mi aspettassi. «È quello il piano» dissi in modo cerimonioso.

«Non ti starò tra i piedi, allora.» Fece l'occhiolino e maledissi il modo in cui mi faceva bagnare le mutandine.

Playboy.

Non era altro che un playboy. Ecco perché era così dannatamente bravo nella seduzione. Non potevo permettermi di ripetere la storia di Rob Sharke.

Avevo imparato la lezione nel peggiore dei modi possibili per una diciassettenne. La sera prima avevo bevuto troppo. Stasera però ero sobria. Avrei dovuto avere un maggiore autocontrollo. Non dovevo stargli sulle ginocchia. Ma poi lui mise la mano audacemente sul mio monte di venere, e io espirai un gridolino di piacere.

La sola vista della sua mano che scompariva sotto la

mia gonna mandò un fulmine di lussuria edonistica direttamente nella mia regione più remota. Il pizzo nero delle
calze si scoprì mostrando la sezione di pelle pallida che si
trovava tra le calze e la gonna. Afferrai la giacca dallo
schienale della sedia e la poggiai sulle ginocchia, anche se
eravamo nell'angolo buio e il tavolo nascondeva tutto.

«Non permetterò a nessuno di vedere» promise Nikolaj
in quel tono di rimprovero che aveva usato spostando la
sedia. Come se avessi dovuto già sapere di non dover dubi-
tare di lui.

Iniziò a muovere le dita sulle mie mutandine, e tutto
ciò che io riuscii a fare fu non ballargli sulle ginocchia.
Cambiò la posizione del braccio intorno alla mia vita per
far scivolare la mano sul mio maglione. Quando mi pizzicò
il capezzolo e mi strofinò il clitoride allo stesso tempo,
scattai e gridai di nuovo.

Per fortuna il mio gemito soffocato fu attutito dal
chiasso che riempiva la sala.

Dovevo ammettere che la band era davvero fantastica.
Avrei prestato più attenzione se…

Oddio.

Nikolaj immerse un dito dentro di me mantenendo la
pressione sul clitoride con il palmo della mano e roteando
e tirandomi il capezzolo.

Mi venne voglia di ridere e piangere allo stesso tempo.
Ero troppo eccitata, bisognosa e disperata, e volevo
davvero più del polpastrello di Nikolaj dentro.

Shanna probabilmente aveva ragione. Avevo davvero
bisogno di essere scopata, altrimenti non avrei permesso
che questa cosa ridicola e folle accadesse proprio ora.

Avrei voluto incolpare Nikolaj – renderlo il cattivo –
ma non era lui a ricevere piacere.

Ero io. Lui non faceva altro che dare.

«Perché...» mi dimenai, cercando di spingere il suo dito più in profondità. Ne spinse un secondo dentro di me.

«Perché cosa, Lentiggini? Perché ti trovo così sexy? Non ne sono sicuro. Penso che sia per il tuo atteggiamento da capo con le palle in un corpo così piccolo.»

Spinsi con fianchi, venendo intorno alle sue dita.

Ero imbarazzata e non del tutto soddisfatta. Inoltre, ero piuttosto confusa dalla mia incapacità a resistere al fascino di Nikolaj.

Lui mi strofinò il clitoride e io venni un po' di più; un brivido mi attraversò tutto corpo mentre appoggiavo la testa sulla sua spalla e mi afflosciavo sulle sue ginocchia.

«Perché fai così?» gracidai, come se avesse appena fatto qualcosa di brutto piuttosto che qualcosa di strabiliante e divertente. Qualcosa solo per il mio piacere e non per il suo.

«Non ne avevo intenzione» mormorò.

Le sue parole si posarono sulle mie spalle e si sistemarono lì come un mantello leggero, intessuto di magia e mistero. Neanche Nikolaj riusciva a trattenersi. Non è che mi stesse facendo qualcosa: in quel qualcosa eravamo finiti insieme.

CAPITOLO OTTO

Nikolaj

MENTRE ACCOMPAGNAVO IL TRIO ALL'HOTEL, percepii Chelle tornare rigida.

Si era riscaldata alla fine dello spettacolo, non solo per me ma anche per i ragazzi e la band. Gli Storytellers non avevano mai messo su uno spettacolo migliore, e le star dello skateboard lo avevano adorato. Non sapevo bene se per via dell'alcol o perché Flynn li aveva riconosciuti e si erano sentiti famosi, ma erano andati a socializzare durante la pausa della band, e al momento della chiusura del Rue Chelle stava mediando le loro promesse da ubriachi di usare la musica degli Storyteller nei video di YouTube in una sorta di collaborazione.

Percependo la sua ansia ora che la serata era quasi finita, feci da mediatore.

«Allora: avete intenzione di firmare con Chelle e il suo capo, o avete solo cazzeggiato stasera?»

Un paio dei ragazzi ridacchiarono.

«No, firmeremo» disse Randy tranquillamente. «Voglio dire, stavamo cazzeggiando, ma sì. Chelle, sei figa. Mi fido di te.»

«Sì, senza dubbio» concordò Tiny.

«Anch'io» disse Boner.

«Grazie. È fantastico.» Il sollievo si riversò in Chelle. Vidi il primo sorriso genuino sul suo volto, e fu straziante.

«Verrete domani a firmare i documenti?»

«Sì. Ci saremo. Ma vogliamo lavorare con te, non con il tuo capo soffocante, va bene?» disse Randy.

«Va bene.» Il sorriso di Chelle divenne ancora più grande. «Potrebbe essere necessario che glielo diciate voi, ok?»

«Oh, glielo diremo» assicurò Randy.

Entrai nel vialetto dell'hotel e scesi dall'auto per salutarli col pugno, ma loro si lanciarono in abbracci e pacche sulla schiena alitandomi vodka in faccia mentre mi dicevano quanto si erano divertiti.

Quando andarono ad abbracciare Chelle li avvertii: «Palpeggiate la mia ragazza e vi spezzo tutte le dita.»

Seguì un coro di uuuh e aaah divertiti, e scelsero invece di stringerle la mano, il che fu un bene perché non stavo affatto scherzando. Magari non era la mia ragazza, ma nessuno poteva prendersi delle libertà con lei sotto i miei occhi.

In effetti, avrei dovuto pensare di nominarmi sua guardia del corpo permanente se avesse preso quei pagliacci come suoi clienti personali.

«Grazie. Sei stato fantastico» disse Chelle quando tornammo nel suv.

Sorrisi ma non risposi. Mi piaceva renderla felice. Ancora di più mi piaceva farla venire. Quando mi avvicinai a casa sua, trovai un parcheggio e spensi il motore.

Chelle si irrigidì di nuovo. «Non farti venire niente in

mente perché questo non era un vero appuntamento» disse.

Non sopportavo l'idea del sesso come transazione, quindi sicuramente non pensavo che me lo dovesse, ma avevo il cazzo duro da quando aveva messo quel suo culetto sulle mie ginocchia e mi aveva permesso di scoparla con le dita, quindi non ero ancora pronto a rinunciare. «Giusto, non era un appuntamento, era un favore.» Avevo usato un tono allusivo e mi ero girato per guardarla. Aveva la mano sulla maniglia della portiera, ma non l'aveva ancora tirata. «Mmm. Lo aggiungerò a quello che già mi devi, allora.»

Ricordando il prezzo dell'ultimo favore che le avevo fatto, le afferrai la nuca e tirai la sua bocca alla mia.

Il suo respiro sapeva di menta alla cannella, e le labbra erano disponibili come il suo minuto corpicino era stato da Rue. La baciai lentamente, assaporando la morbidezza della sua bocca, il timido movimento della lingua tra le mie labbra.

Quando terminai, aveva le pupille dilatate.

Non aprì la portiera. «Faceva parte di quello che ti devo?»

«No, perché sono stato io a prendere quello che volevo» ammisi.

«Cosa ti devo?»

«Oh, lo saprai quando lo vorrò.» La mia voce suonò più profonda del solito. Dovetti spostarmi per sistemarmi il pacco.

«Non vuoi chiedermi niente stasera?» La sua voce era roca.

Rimasi fermo mentre la lussuria si scontrava con il bisogno di mantenere un po' di fottuto orgoglio. Inclinai la testa.

«Quindi va bene se mi faccio avanti se si tratta di una transazione, ma non se è un appuntamento?»

Si bloccò. Aprì le labbra, ma non riuscì a rispondere.

Non ero stato del tutto giusto. Poteva aver cambiato idea a causa del bacio, non perché io non le interessassi, ma non mi piaceva che il mio cazzo fosse a disposizione.

Mossi la testa verso la portiera. «Esci.» Lo dissi con leggerezza, per alleggerire la batosta.

Lei sbatté le palpebre.

«Che cosa?»

«Esci, Chelle. Abbiamo finito.»

Le ci volle ancora un minuto prima di muoversi, e quando lo fece c'era dello sgomento nella sua espressione. Gli occhi dorati erano gonfi e dispiaciuti.

«Va bene» disse mentre scivolava via dal sedile e cadeva a terra. «Ehm, ciao.»

Annuii ma non risposi.

Fece oscillare la portiera, poi la fermò a metà strada e rimise la testa dentro. Aprì la bocca. La chiuse di nuovo. «Ok.» Chiuse la portiera. Aspettai di vedere che fosse al sicuro nell'edificio prima di partire. Mentre lo facevo, lo scopo delle mie parole iniziò a schiacciarmi dall'interno verso l'esterno.

Lo intendevo davvero? Che avevamo finito?

Sì, pensavo di sì. Non c'era spazio per nient'altro che il sesso. Voleva che il cattivo ragazzo la facesse venire un paio di volte senza uno straccio di relazione.

E per una volta nella mia vita, io volevo qualcosa di più. Meritavo di più. Dopo una vita passata a cercare di mantenere in vita me e il mio gemello, era tempo di guardare oltre le giocate del venerdì sera e il fare soldi per il boss.

Tutti gli altri avevano l'amore.

Perché non potevo averlo anch'io?

Il telefono vibrò quando ero quasi arrivato al Cremlino. Sapevo anche senza guardare che si trattava di Chelle.

Mi sento come se ti avessi offeso. Mi dispiace. Sei stato fantastico stasera con i clienti. Non risposi.

Non ero un bambino. Non era per il fatto che io fossi offeso o che lei avesse ferito i miei sentimenti. Avevo appena capito che era tempo di tagliare la corda.

Chelle mi affascinava, ma non poteva funzionare.

Entrai nel parcheggio sotterraneo e parcheggiai il suv di Oleg.

Mentre ero in ascensore diretto al mio piano, mandò ancora un messaggio.

È solo che non so come fare sesso con qualcuno senza sposarmelo nella mente.

Cercai di non ammorbidirmi. Tutte quelle confessioni erano carine, ma ancora non significavano nulla.

Arrivò un altro messaggio.

Penso che mi piaccia l'idea del sesso come transazione allo stesso modo in cui 1 donna su 5 ha fantasie di essere costretta. O desidera essere legata.

Oh, cazzo. Ora non potevo resistere.

Vuoi che ti leghi, Chelle? Risposi con un sms.

Le porte dell'ascensore si aprirono e uscii, fermandomi nel corridoio vuoto per aspettare la sua risposta.

Cosa stavo facendo? Sotto casa sua avevo deciso di volere più del sesso, e che con lei non l'avrei avuto.

Ehm... sì? Forse?

Perché doveva essere così dannatamente adorabile? Tutto ciò che faceva era carino. Non ne avevo mai abbastanza.

Prima di riuscire a fermarmi, scrissi: *Vuoi fare un patto con il diavolo?*

Il cazzo si indurì all'idea malvagia che mi danzava nella testa.

Ignorai l'erezione e andai all'appartamento. Sapevo di andare contro le mie regole. Sapevo di volere il pacchetto completo e non sesso occasionale, ma quella era l'apertura che mi aveva dato. Non voleva uscire con me. Voleva sesso come transazione. Quindi, cazzo, valeva la pena infrangere le regole per lei. La volevo sotto di me, volevo stringere quel suo piccolo corpo e sentirla gemere il mio nome.

Non mi sarebbe dispiaciuto neanche un po' se fosse stata legata mentre ero al comando. Forse avrebbe potuto indossare un collare e una ball-gag. Avrebbe potuto chiamarmi *paparino o padrone o signore.*

E io che pensavo che il fratello bratva stravagante fosse Pavel. Usai la chiave magnetica per aprire la porta ed entrai.

L'appartamento non mi era mai sembrato più vuoto. Lasciando le luci spente, andai dritto in camera e mi buttai sul letto di schiena.

Sei tu il diavolo? Arrivò un altro messaggio.

Sbuffai mentre scrivevo, *Ovviamente.*

Forse, rispose.

Sì o No?

Sì?

Non avrei dovuto. Non perché fosse sbagliato, ma perché il sesso non era una valuta che accettavo. Insomma, mica potevo pagare ai miei fratelli la loro parte. Beh, tecnicamente avrei potuto, ma prima mi sarei tagliato le palle.

Cazzo.

30 notti e tuo fratello è libero.

Non appena le scrissi, mi venne duro come la pietra. Rispose quasi immediatamente. *Consecutive?*

Bljad', era mia. Il cazzo mi diventò duro. Mi slacciai i pantaloni per farlo uscire, ma non mi feci una sega.

La tortura improvvisamente mi faceva stare bene. Avrei potuto avere le labbra imbronciate di Chelle allungate intorno alla mia lunghezza entro domani sera. Avrei potuto arrossarle di nuovo il culo e ascoltare i suoi dolci gemiti. Metterla in ginocchio per me e insegnarle come servire.

Io ero il diavolo, e non ero nemmeno un po' dispiaciuto per aver infranto le mie stesse regole.

Sì. Ti possiedo per un mese, le scrissi. *Se te ne vai, perdi tutto.*

Per un attimo non rispose, e cominciai a sudare. Forse mi avrebbe detto di no. Ci stava sicuramente pensando.

Avrò a disposizione dei limiti invalicabili? Non può interferire con il mio lavoro.

Quasi mi feci una sega nell'oscurità. Le risposi, *Il lavoro è un limite invalicabile. Che altro?*

Anale?

Non se ne parla. Mi scoperò quel tuo culo carino, o non se ne fa nulla.

Oddio.

Scoppiai a ridere. La mia stanza improvvisamente sembrò di nuovo una camera da letto, non lo spazio vuoto dove piazzare il mio corpo di notte.

Farmi del male? Seguì immediatamente un altro messaggio. *E niente sesso con altre persone.*

Nessun altro, risposi. *Vale per entrambi.* Lo mandai poi ne inviai un altro. *Ti farò del male solo in un modo che ti piacerà.*

Il telefono rimase in silenzio per un momento, poi segnalò un messaggio: *Quando iniziamo?* Ora finalmente concessi una sega al mio cazzo avido. Dandogli un duro strattone, chiusi gli occhi e lasciai che mille scenari sporchi su Chelle mi attraversassero la mente.

Poi ricordai che l'indomani avevo la partita di poker.

Dannazione.

Ma non importava, avevo tutto il mese con lei.

Ti farò consegnare una chiave del mio appartamento in ufficio. Ti voglio nuda nel mio letto quando tornerò a casa dalla partita domani sera. È chiaro?

Oh mio Dio, mi rispose e scoppiai in una risata in gola. Pompai il cazzo e chiusi gli occhi, pensando a Chelle, nuda, qui. Quando venni, stavo ancora sorridendo.

CAPITOLO NOVE

Chelle

La mattina dopo ero praticamente stordita. Non per l'accordo con Nikolaj, sicuramente no. Ma perché avevo firmato il contratto con gli skateboarder, e volevano che fossi io la loro pubblicitaria e non Janette.

Ok, forse era per entrambe le cose.

Avrei dovuto essere terrorizzata dalla cosa Nikolaj.

Avevo letteralmente fatto un patto con il diavolo.

Ma non riuscivo a provare paura.

Nikolaj per me non era così spaventoso. Insomma, logicamente lo era. Sapevo che quello che aveva fatto a Zane era violento. Ma era possibile che non fosse stato spietato. Sembrava operare secondo un codice o un insieme di regole, che non pensavo comportassero il ferirmi o vendermi a trafficanti del sesso.

Non ero del tutto sicura di quali fossero quelle regole però.

Anche se con sole quattro ore di sonno alle spalle, feci con esagerata calma sotto la doccia, mi rasai ovunque e pensai a tutte le cose che sarebbero potute accadere quella notte.

Sicuramente avrei fatto sesso. Uscii dalla doccia e mi spalmai la lozione al burro di mango e zenzero ovunque, poi indossai il mio reggiseno e le mutandine più sexy, di pizzo nero.

Certo, Nikolaj probabilmente non li avrebbe visti nemmeno perché avrei dovuto essere nuda quando fosse tornato a casa. E un'altra cosa *certa*... avrei avuto tempo dopo il lavoro per prepararmi. Non dovevo farle ora. Ma lo volevo.

«Echo» gridai in cucina. «Metti *Low* di Flo Rida.»

Mi sentivo sexy, credo. Era la mia canzone preferita alle feste del liceo. Quando iniziò, mi trascinai in cucina ancora in reggiseno e mutandine per sentirla a tutto volume.

Mi piazzai di fronte all'Echo come se fosse il mio compagno di ballo e feci scivolare le mani lungo il mio corpo, cantando a squarciagola, schiaffeggiandomi il culo e abbassandomi in squat a tempo.

Quando finì *Low* chiesi ad Echo *Teenage Dream* di Katy Perry, e andai in camera da letto a vestirmi cantando come una tredicenne.

Chiamai Shanna andando al lavoro, anche se sapevo che stava ancora dormendo. Non riuscii a farne a meno. Dovetti lasciarle un messaggio sulla segreteria telefonica. Pensavo che sarebbe stata orgogliosa di me.

«Bene, sto seguendo il tuo consiglio. Sto finalmente facendo un po' di sesso senza impegno. Il che è una definizione stupida. Da quando il sesso è un impegno? Oh, ma immagino che signifchi anche libero. Beh, questo sesso non è senza impegno. Vale trentamila dollari.» Sì, stavo parlando come un gangster. O una tredicenne.

Ero ridicola, ma mi sentivo benissimo.

Non mi divertivo così tanto da molto tempo.

Probabilmente Shanna aveva davvero ragione.

«Chiamami per i dettagli quando ti svegli» canticchiai al telefono, e poi agganciai con un sorriso sciocco sul viso.

Sì, esatto. Oggi era il mio giorno. Ero in trattativa per una promozione al lavoro, e avevo negoziato un accordo del valore di trentamila dollari per togliere mio fratello dai guai. Un affare che includeva me regolarmente sdraiata per trenta notti.

Sembravo un uomo in quel momento? Mi sentivo come un uomo. Chi lo immaginava che tutto quello di cui avevo bisogno era un po' di sesso senza vincoli per sentirmi così bene?

Nikolaj

Ero innamorato.

Riavvolsi il feed video di Chelle che ballava in cucina in reggiseno e mutandine cinque volte con il cazzo in mano.

Lei era così.

Dannatamente. Sexy. E adorabile.

E imbranata.

Era il suo modo di essere imbranata che mi disarmava davvero.

Mi piaceva tanto la bacchettona esplosiva Chelle.

Ma vederla con la guardia abbassata... mi entrava sottopelle. Mi rendeva disperatamente bisognoso che mi rivelasse quel lato di sé stessa. Che si lasciasse andare. Che si permettesse di essere vulnerabile. Che sembrasse così felice e spensierata. Era stato l'accordo con gli Skate 32 a renderla così felice quella mattina? O era il nostro affare? Non avevo ancora trovato in me stesso il rimpianto per l'accordo, e ora ero ancora più soddisfatto della mia decisione, anche se sapevo già che non sarebbe finita bene.

Almeno ci sarebbero stati molti orgasmi lungo il percorso, no?

Chelle mi mandò un messaggio all'ora di pranzo. Ero al piano di sopra, seduto al bancone per la colazione con Saša e Maksim.

E le lezioni di spinning?

Sorrisi. *Sono aperto alla negoziazione. Puoi guadagnare privilegi.*

Rispose, *Questo include andare il mercoledì al Red Room per vedere la mia migliore amica?*

Il ricordo di lei tampinata da quel *mudak* mi fece digrignare i denti.

Nessuna fottuta possibilità. Non senza di me, comunque.

Offri tu?

Stava flirtando.

Mi tornò il sorriso. *Se ti porto fuori, offro io. Ma non te lo sei ancora guadagnato.*

Saša mi strappò il telefono di mano.

«Ehi!»

«Stai mandando un messaggio a una donna!» dichiarò. «È lei, quella dell'ultima serata al Rue?»

Tesi la mano. «Dammi il telefono, Saša. Non è affar tuo, cazzo.»

«Attento a come parli a mia moglie» mi ringhiò Maksim.

Lo ignorai perché entrambi sapevamo che stava rompendo. *Ragazzina viziata* era il secondo nome di Saša, ma era fottutamente sexy ed era arrivata con una dote di pozzi petroliferi del valore di sessanta milioni di dollari, quindi a Maksim non importava la questione del matrimonio combinato.

Tentò senza successo di sbloccarmi il telefono. «Ho visto, *se ti porto fuori, offro io*» annunciò trionfante.

«Allora, qual è la situazione? Stai uscendo con questa donna? Eh?»

«Sì, qual è il problema?»

Story comparve dalla camera da letto di Oleg con il mio gigantesco fratello bratva dietro di lei. «Che serata strana quella di ieri. Com'è potuto succedere?»

Scossi la testa. Non ero tanto tentato di dire a Story di pensare ai suoi fottuti affari perché era troppo gentile e anche perché Oleg mi avrebbe ucciso veramente.

Oleg mi sputtanò, però, con il linguaggio dei segni: *è la sorella di un ragazzo che ci deve dei soldi.*

Story lo tradusse ad alta voce perché conosceva meglio il linguaggio dei segni, anche se il resto di noi ne aveva colto il succo comunque.

Saša, che si era laureata in teatro, fece un sussulto esagerato e si batté una mano sulla bocca.

«Nikolaj! *Gospodi,* ti sei preso sua sorella come pagamento?» Maksim grugnì, e mi resi conto che mi stavano tutti fissando in attesa della mia risposta.

Come se pensassero che fosse vero.

Il fatto che fosse abbastanza vicino alla verità mi bruciò. «Stai zitta. State zitti tutti. Il mio accordo con Chelle non è affar vostro.»

«Oh. Mio. Dio.» Saša sembrava felice. «Non ci posso credere. L'hai fatto!»

«Pensavo che avessimo una regola che vietava l'accettare il sesso come valuta» disse Maksim con moderazione. Non era per starmi addosso, era piuttosto curioso di sapere perché avessi infranto le regole.

Aveva ragione, ovviamente. Non avevo diritto di fare casino con i trentamila che doveva Zane. Appartenevano alla bratva. Pagavo Adrian e Oleg e una percentuale andava sempre a Ravil.

«Basta.» Usai il tono il più tagliente possibile.

Funzionò solo perché ero il tipo che non alza mai la voce. Era difficile portarmi a usare toni alti nella maggior parte delle occasioni.

Ma Chelle sarebbe stata qui, in questo edificio, per i prossimi trenta giorni. Non riuscivo a nascondere nessun segreto alla bratva. Non senza che la merda mi esplodesse in faccia.

«Ho fatto un accordo» ammisi. «Ma se uno di voi *mudak* le dice una parola al riguardo, lo uccido. Capito?»

Saša sorrise ma fece una pantomima chiudendo le labbra, serrandole e gettando la chiave alle sue spalle.

Le sopracciglia di Story erano abbassate, come se non le piacesse la situazione, e improvvisamente mi sentii il peggior bastardo del mondo. Mi strofinai una mano sul viso.

«Non giudicatemi, per favore. Questa ragazza mi piace.» Il volto di Story si schiarì.

Tutti si rilassarono, in effetti. Come se improvvisamente fossi diventato l'oggetto della loro empatia, piuttosto che il criminale che si prende la sorella di uno come pagamento per un debito con la mafia.

«Saremo gentili» promise Saša. «Non ci ho parlato molto ieri sera, ma sembrava figa. Magari posso assumere la sua agenzia pubblicitaria per il prossimo spettacolo teatrale.»

Un filo di sollievo mi scorse dentro. Stavano abbandonando l'inquisizione e accettando Chelle nell'ovile, proprio così.

Era uno dei tanti miracoli della mia vita nella cellula di Ravil. Erano una famiglia nel senso migliore della parola.

Chissà perché negli ultimi tempi avevo sentito di non appartenervi.

«Sì, e qual è l'accordo con gli Skate 32?» chiese Story. «Pensi che useranno davvero la nostra musica nei loro video?»

Feci spallucce. «Non lo so, ma sono sicuro che Chelle cercherebbe di farlo accadere se ti interessa.» Pensavo che fosse vero. O comunque lo speravo.

Catturai l'attenzione di Oleg. «Sei pronto a un po' di esecuzioni?» chiesi. Era venerdì, il che significava che facevamo il giro per raccogliere i soldi che ci dovevano.

Non credevo che Oleg amasse il suo lavoro, ma era stoico come sempre.

Annuì, disse qualcosa a Story con il linguaggio dei segni e le diede un bacio.

Per la prima volta da quando Dima se n'era andato, non sentii la forte pugnalata di gelosia nell'assistere a quell'intimità. La sensazione di essere lasciato fuori.

Perché quella sera non avrei dormito da solo.

CAPITOLO DIECI

Chelle

Come promesso, un corriere molto tatuato con un forte accento russo si era presentato nel pomeriggio al lavoro per consegnarmi una busta. All'interno c'erano una chiave magnetica e una nota scritta nelle lettere pulite e squadrate di Nikolaj.

Chelle,

non vedo l'ora di averti come mia schiava sessuale. Sono nella Suite 1110. Avrai bisogno della chiave magnetica per l'ascensore e la mia porta. Puoi anche usarla per parcheggiare nel garage sotto l'edificio.

Ti voglio lì per le nove, ma non aspettarti che io torni a casa fino a dopo mezzanotte.

—N

Lessi e rilessi quella prima riga venti volte. Quanto seriamente stava prendendo questa cosa della schiava sessuale? Beh, molto ovviamente, considerati i messaggi che ci eravamo scambiati. Pensai che fosse la parola "schiava" a sopraffarmi. Ma conoscendo Nikolaj – *conoscevo Nikolaj?* – era ironico. Quel ragazzo non mi sembrava affatto un duro.

Poi, di nuovo, visualizzai il volto di mio fratello dopo che gli aveva fatto visita.

Ah, e ci era anche tornato per rompergli il naso dopo che Zane aveva preso l'anello dalla mia borsa e mi aveva quasi fatta licenziare. Non riuscivo a trovare in me risentimento, però. L'aveva provocato lui.

Alle quattro gli skateboarder uscirono dalla sala conferenze e si avvicinarono alla mia scrivania. «Cheeeeeeeeelle! Vieni qui e dammi un bacio.»

Randy spalancò le braccia per un abbraccio. Mi alzai e lasciai che mi alzasse da terra in un abbraccio da orso.

«Menomale che Nikolaj non è qui, o mi romperebbe le gambe, giusto?» scherzò, probabilmente non rendendosi conto di quanto potesse essere vero.

Tuttavia, oggi non mi dispiacque. Ciò che la sera era sembrato leggermente minaccioso e sgradevole, ora era molto divertente. Eravamo amici. Mi volevano come loro pubblicitaria. Pensavano che fossi figa.

«Abbiamo detto che ti volevamo, altrimenti non avremmo firmato» disse Randy a bassa voce mentre mi rimetteva in piedi.

«E?» chiesi senza fiato.

«Ed è fatta.» Sorrise. «Mettici in contatto con la band di Flynn, ok?»

«Lo farò» promisi mentre Bones mi afferrava allo stesso modo per farmi girare.

«Ehi, solo perché sono piccola non significa che potete sballottarmi» sottolineai.

«Io non ti sballotterò» promise Tiny tendendomi la mano, ma quando feci per stringerla si si lanciò nell'abbraccio dell'orso.

«Ciao. Grazie per i bei momenti» disse quando mi fece cadere di nuovo in piedi.

Scossi la testa.

«Sarete la mia spina nel fianco, non è vero?»

Tutti e tre mi sorrisero. «Lo sai!» Indicarono e gesticolarono in stile gang mentre si allontanavano dalla mia scrivania.

Alzai gli occhi al cielo. Quando furono andati, tirai fuori gli attributi e bussai alla porta di Janette.

«Beh, li hai colpiti, mi pare» mi disse.

«Non ti ho detto quanto ho speso per la cena» dissi con una smorfia. «Hanno insistito per andare nel miglior ristorante di sushi della città e poi hanno ordinato drink dopo drink e piatto dopo piatto.»

«A quanto ammonta il danno? Anzi, la sai una cosa?» Alzò una mano ben curata. Le unghie color prugna erano eleganti sulla sua pelle scura. «Non voglio nemmeno saperlo. Mi hanno firmato un contratto di due anni, quindi va tutto bene. Ma la prossima volta che vogliono il sushi possono offrirtelo loro. Certamente fanno abbastanza soldi.»

Mi aggrappai alle sue parole, possono *offrirtelo loro*.

«Quindi...» inclinai la testa, cercando di capire come formulare la domanda.

«Quindi, a quanto pare sei la mia nuova junior publicist. Congratulazioni.»

Le sorrisi. «Grazie. Sono entusiasta. Questi ragazzi sono turbolenti, ma ho delle idee. Penso di poterli davvero aiutare a definire il loro marchio e a farlo emergere.»

«Oh, non ho dubbi sulla parte creativa. È il fatto che tu li abbia saputi gestire a impressionarmi. La relazione con i clienti è importante quanto il lavoro che facciamo per loro, ed era lì che non ti credevo pronta. Ma mi sbagliavo.»

Sollevò le sopracciglia e sorrise.

«Nel finesettimana ti preparo il contratto. Lunedì mattina, il tuo primo compito dev'essere l'assunzione di un nuovo assistente. Sarà difficile sostituirti.»

Mi alzai in piedi. «Grazie. Ti va bene se vado via presto? Ho passato la notte con gli skater e sono a pezzi.»

Inclinò la testa. «Beh, hai un bell'aspetto, ma certo. A lunedì.»

Presi la borsa dalla mia scrivania e uscii. Era ora di andare al mio secondo lavoro. Quello in cui rispondevo a un russo prepotente.

Salii in ascensore e ignorai il modo in cui i capezzoli si strinsero e bruciarono quando pensai a lui. Agli ordini della stasera. Al fatto di togliermi i vestiti per lui. Al fatto di aspettare a letto che Nikolaj tornasse a casa e mi trovasse lì in sua attesa.

Nuda.

Pronta.

Bagnata.

~

Nikolaj

La più lunga. Fottuta. Serata di poker. Di sempre.

Ero pronto a chiudere prima ancora che iniziasse, e ora che finalmente si stava concludendo riuscivo a malapena a contenere l'irritazione.

A peggiorare le cose, Dima non era venuto a Chicago nel finesettimana, quindi star lì sembrava particolarmente privo di significato.

«Che fretta hai?» mi chiese Adrian quando lo aggredii perché ci desse un taglio.

Oleg gli disse che avevo una donna in attesa, o qualcosa del genere.

«Preferivo quando non parlavi» brontolai, e poi me ne

pentii all'istante, perché sapevo che al nostro fratello muto richiedeva un grande sforzo anche solo tentare di partecipare alla conversazione. «Sto solo scherzando, amico.» Gli diedi un pugno leggero sulla spalla. «Più o meno.»

Scosse la testa verso di me, poi mi disse con i segni, *tu vai*.

«Posso andare?» Mi guardai intorno. Lui e Adrian avevano sistemato quasi tutto.

«Perché no?» chiese Adrian.

Era giovane, ma si adattava alla nostra cellula. Era impavido e brutale. Non aveva paura di sporcarsi le mani. Ed era intelligente. Era stato sorpreso a bruciare la fabbrica dove sua sorella era stata tenuta prigioniera, ma da allora aveva imparato a evitare accuse penali. Sotto la direzione di Maksim, era diventato il pulitore della bratva. Quello che metteva piede in una scena del crimine per cancellare tutte le prove.

«Allora vado. Grazie, ragazzi. Vi pago domani, quando avrò finito di fare i conti.» Ecco un altro svantaggio di non aver con me Dima.

Presi l'ascensore per il parcheggio sotterraneo. Era l'una di notte.

Chelle si era sicuramente addormentata. Il mio cazzo si agitò mentre cercavo di indovinare se aveva seguito le mie indicazioni o meno. Era come una candela di accensione, quindi non mi sarei sorpreso se mi avesse ostacolato in ogni modo possibile. Ma forse non avrebbe voluto mettermi subito alla prova.

Parcheggiai sotto l'edificio e presi l'ascensore. Improvvisamente il trasloco su quel piano acquisì un senso. Non che avessi previsto una cosa del genere, ma avevo comunque creato l'ambiente ideale, no?

Tenere Chelle nella mia camera da letto ed esibirla davanti a tutti per tutto il mese sarebbe stata una rottura.

Gli altri ci erano riusciti, ma non era il mio stile. Inoltre, gli altri non avevano avuto intenzione di lasciare andare le loro donne, quando le avevano portate nell'attico.

Il mio accordo con Chelle aveva una data di scadenza. Il che significava che non potevo mostrarle nulla sull'organizzazione, o sarebbe diventata un ostacolo.

Ravil avrebbe potuto tagliarmi le palle. Non gli avevo esattamente chiesto il permesso.

Andai al mio appartamento. Le luci erano tutte spente, ma la sensazione era completamente diversa.

Non era vuoto.

Non ero solo.

Il mio cazzo si agitò mentre andavo alla camera. Entrai e accesi la luce del bagno privato per dare un bagliore delicato alla stanza. Chelle era su un fianco, di fronte al muro, rannicchiata. Andai verso la cassettiera e mi tolsi giacca e scarpe e la guardai.

Chelle non si mosse, ma sospettavo che non stesse dormendo. Mi avvicinai al suo lato del letto e tirai giù le coperte quel tanto che bastava per vedere se era nuda.

Lo era. Splendidamente. Indossava solo una delicata catenina d'oro al collo con il ciondolo di una stella di David tempestata di diamanti.

Non si mosse. Sicuramente era sveglia. Mi sporsi e le baciai la spalla nuda.

«Ehi, bellissima.»

Aprì gli occhi, ma guardò dritto davanti invece che verso di me. Qualcosa mi si strinse nel petto.

Ero stato uno stronzo ad aver stipulato l'accordo.

La accarezzai lungo il fianco. La sua pelle era così morbida e liscia…

«Non aver paura, coniglietto. Non ti farò del male.»

Mi guardò. «Non ho paura. È che ne è passato di tempo. Sai, dall'ultima volta che ho...»

«Non devi esibirti» la interruppi, assurdamente contento che non facesse sesso con nessuno da molto. «Devi solo obbedire. Ti dirò io quello che voglio.» Lei si rotolò sulla schiena, e io abbassai le coperte così da poterle vedere i seni in tutta la loro gloria.

Le afferrò ma non le tirò indietro; il suo sguardo si fermò sul mio e lì rimase. Il suo respiro si fermò. Sfiorai la cima di un capezzolo con il pollice, e si irrigidì.

Mosse le gambe sotto le coperte.

«Metti la mano tra le gambe, *zajka*. Mostrami come ti tocchi.» Le abbassai le coperte fino alle cosce e poi mi allontanai per darle un po' di spazio.

Rimasi in piedi sul fondo del letto; mi sbottonai lentamente la camicia mentre Chelle piegava un ginocchio verso l'alto e si faceva scivolare il medio tra le gambe.

Mi tolsi la camicia e poi la canotta.

Chelle si sollevò su un gomito per guardarmi. Il suo sguardo danzò sul mio busto e poi finì sulla mia cicatrice fresca.

L'ultima cosa su cui volevo che si concentrasse per una serie di motivi.

«Ma è... una ferita da arma da fuoco?»

«Sì.»

«Sembra recente.»

«Lo è. Basta domande.»

Slacciai la cintura e la feci scivolare via dai passanti, poi abbassai pantaloni e boxer. La sua attenzione andò alla mia erezione molto considerevole, piuttosto che alla cicatrice.

Tutta per te, coniglietto.

«Protezione» disse Chelle rapidamente con voce roca. «Dovrebbe essere un limite invalicabile.»

«Ti proteggerò» promisi. «Sei bagnata?»

Si leccò le labbra, le dita si muovevano tra le gambe. «Uhm... un po'. Non ancora abbastanza.»

Mi feci avanti e abbassai gli avambracci verso il letto, spingendole entrambe le ginocchia verso l'alto, aperte. Diedi un lungo colpo di lingua alla sua fessura, poi sollevai la testa per osservare la sua reazione.

Vedendo nient'altro che lussuria nella sua espressione, le feci scivolare le mani sotto il culo per sollevarla verso la mia bocca, in modo da poter banchettare con le sue pieghe dolci e femminili.

Le succhiai le labbra, la leccai tutto intorno, morsi le labbra esterne, l'interno coscia. Strinsi e impastai il culo e infilai il pollice nella sua figa mentre le succhiavo il clitoride.

«Nikolaj» ansimò. «Oh!»

«Mmm» mormorai con soddisfazione. «Ora sei bagnata.»

«Sì.» Piegò i fianchi sotto le mie labbra.

«Non venire, Lentiggini. Non fino a quando non ti do il permesso, capito?»

Annuì, abbassando le sopracciglia. «Va bene.»

Era un gioco che non avevo mai fatto prima, ma non ero del tutto nuovo al feticcio padrone-schiava. Fino a quel momento non avevo capito che mi interessasse, ma in effetti non avevo neanche mai avuto una schiava sessuale personale, prima.

Improvvisamente non ero sicuro del motivo per cui mi ero astenuto per tanto tempo. Più in là, un'altra notte, le avrei leccato la dolce figa fino a quando non fosse venuta, ma stasera non riuscivo ad aspettare un minuto di più.

Avevo avuto le palle blu tutto il giorno, anche se la mattina mi ero fatto una sega guardandola ballare in reggiseno e mutandine.

Mi sedetti e tirai via il pollice. Chelle sbatté le palpebre di quegli occhi d'oro. Mi piaceva avere il suo sguardo puntato addosso a quel modo, attentissimo. Presente.

«Rotola, bella ragazza, e allarga le gambe.»

Mi alzai per prendere un preservativo dal comodino. Si affrettò a obbedire, girandosi per sdraiarsi a pancia in giù e allargare le gambe.

«Brava ragazza.»

Aprii il pacchetto del preservativo e lo srotolai mentre le salivo sopra. Le passai il palmo della mano sul culo. Non c'era segno dalla sculacciata di mercoledì. Non riuscivo a decidere se ne fossi sollevato o deluso.

Mi piaceva vedere le impronte delle mie mani su di lei tanto quanto amavo il modo in cui si dimenava e faceva quei dolci piccoli versi sessuali mentre la sculacciavo.

Le diedi un leggero schiaffo al culo e lei roteò i fianchi.

Mi inginocchiai tra le sue gambe e strofinai la cappella sul suo ingresso. Era succosa, la carne paffuta e liscia. Accogliente.

Era stretta, però, quindi andai lentamente. Gemette dolcemente mentre la riempivo.

«Lo senti, Lentiggini?» dissi. Avevo il cervello su di giri per via del piacere di entrare e uscire da lei. Non era solo la sensazione fisica, anche se quella era incredibile. Era per l'intera situazione. Era per il fatto che si trattava di Chelle e che avevamo fatto un accordo.

Spinsi più in profondità, prendendo un ritmo attento e uniforme. «Questo è il cazzo per cui verrai completamente» le dissi. «Ma non fino a quando non ti darò il permesso io. Capito?»

Non rispose.

«Devo costringerti a chiamarmi *padrone*, coniglietto?»

«No» ansimò.

«Scusa. Capito.»

«Brava ragazza.»

Il cazzo mi si gonfiò ancora di più per il piacere. Non sarei durato a lungo. Spinsi più forte, ma lei era così leggera che la sollevavo dal letto a ogni spinta.

Le strinsi la nuca per tenerla in posizione. Divenne ancora più umida, come se la cosa l'avesse accesa. «Ti piace essere bloccata, Chelle?» chiesi.

La sua figa era fusa ormai, deliziosamente liscia ma stretta.

«Eh?»

«Forse. Penso di sì» sussultò. Inarcò il culo per assecondare le mie spinte, posizionando la sua sottile curva posteriore nel modo più delizioso.

Risi. «Lo penso anch'io. Ti legherò sicuramente al letto, coniglietto.»

La figa si strinse intorno al mio cazzo.

«Oh-oh. Non stai cercando di venire, vero?»

«Io, io, oh Dio.» Venne.

«Cattiva.» La scopai più forte. Più velocemente.

Le sue dita si strinsero sulle lenzuola. Alzò la testa. «*Sì... sì.*» Suonava disperata, anche se era già venuta. Forse non l'avevo lasciata finire. Peccato. Aveva infranto le mie regole. Ora era tutta una questione di climax. Adesso i miei fianchi erano puro scatto: le schiaffeggiavo il culo coi lombi, spingevo in profondità con forza brutale.

«*Bljad'. Bljad'!*» Imprecai mentre mi si strizzavano le palle. Sbattei in profondità e riempii il preservativo con l'orgasmo più soddisfacente degli ultimi anni. O forse di sempre. Venne anche Chelle; i muscoli interni si strinsero e pulsarono intorno al mio cazzo, facendomi venire ancora più forte.

Non avrei mai voluto fermarmi, stavo benissimo. Chiusi gli occhi e assaporai il momento, poi mi ritirai e mi infilai di nuovo in lei per strappare un po' di piacere in più per entrambi.

«La prossima volta che mi disobbedisci, ti scopo quel tuo culetto carino» ringhiai, abbassando la testa per morderle la spalla. Lei raggiunse il culmine ancora un po', e io fui inondato di calore e affetto per lei.

Le baciai la base del collo mentre mi sistemavo tra le sue gambe per un attimo.

Emise un leggero ronzio che sembrò riempire tutti gli spazi vuoti nel mio cuore.

Chissà perché mi preoccupavo tanto della sua soddisfazione quando l'accordo era per me. Ma in fondo, forse era una bugia. Forse avevo stipulato un accordo tutto per lei. Perché voleva fare sesso con me senza impegnarsi. E voleva che suo fratello uscisse dal mio controllo.

Ero io quello che aveva delle regole contro il sesso come pagamento. Ero io quello che voleva qualcosa di più del sesso.

Avrei dovuto stare attento. Chelle Goldberg poteva anche essere a mia disposizione, ma era lei ad avermi in pugno.

CAPITOLO UNDICI

Chelle

DORMII FINO ALLE DIECI. Non ero abituata a dormire nuda. Né a svegliarmi dolorante e ben strapazzata.

Era tutto deliziosamente sporco. Mi allungai nel letto meravigliosamente comodo di Nikolaj e mi guardai intorno.

Non era in camera. Sentivo dei fruscii provenire dal soggiorno.

Una parte di me aveva voglia di nascondersi lì, in camera. Magari potevo tornare a dormire e ritardare l'imbarazzo, ma mi ritrovai magnetizzata dalla presenza di Nikolaj. Anche se avevo preparato due valigie di vestiti, aprii i suoi cassetti fino a quando non trovai una delle sue maglie, la infilai e mi spostai in salotto.

Se anche da un giorno all'altro avevo dimenticato chi era Nikolaj, tutto mi tornò in mente di corsa. Era sexy in modo devastante, appena lavato e vestito.

Era sul divano con un laptop e pile di denaro davanti.

Accantonai il pregiudizio e l'ansia che mi provocavano la sua occupazione e avanzai.

«Su una scala da uno a dieci, quanto è illegale quello che fai?» chiesi, agitando una mano verso i soldi.

Mi sorrise con le labbra sexy. «Vieni qui.» Mi tese un braccio.

Mi avvicinai e lui mi tirò sulle sue ginocchia; le mani esplorarono immediatamente sotto la maglietta. Mi dimenai mentre lui prese un seno accarezzandomi nello stesso momento la parte superiore della coscia.

«Sei bellissima con la mia maglietta» mormorò, dandomi un morso sulla spalla.

Mi dimenai ancora un po', eccitata dalla sua evidente attrazione per me.

«Stavo per ordinarti di rimanere sempre nuda a casa mia, ma immagino che ti lascerò andare, per ora.»

Strinsi le cosce, allo stesso tempo eccitata e offesa dalle sue parole. Tutto quello che riuscii a dire fu «Uff.»

Non avevo mai pensato che mi avrebbe fatta rimanere nuda. Non sapevo proprio cosa aspettarmi quando avevamo stretto l'accordo. La mia immaginazione non poteva evocare molto di più che essere legata o sculacciata di nuovo.

Entrambi scenari che mi entusiasmavano. L'idea di essere costretta a rimanere nuda mi sconvolse, ma mi rese anche bagnata e calda, quindi a un certo livello probabilmente mi piaceva pure.

«Cosa mangi a colazione? Ho yogurt. O uova. Oppure possiamo ordinare qualcosa.»

«Di solito mangio dello yogurt» gli dissi, scivolando via dalle sue ginocchia. Decisi di comportarmi da proprietaria dell'appartamento, invece di sbattere le ciglia e chiedere il permesso.

Aprii il frigorifero e trovai la mia marca e il gusto di yogurt preferiti, quello greco con pezzi di mango.

«Questo qui è buonissimo» gli dissi mentre lo aprivo. Trovai un cucchiaino e tornai in salotto per guardarlo mettere le fascette sui soldi e impilarli.

«Quanto hai guadagnato?» mi buttai sul divano accanto a lui.

«Ventimila. Non è stata una grande serata.» Fece spallucce. «E non avrei dovuto dirtelo. Non farmi più domande sugli affari, ok? È per la tua protezione. Non credo tu voglia diventare una potenziale testimone o una complice.»

Il cuore mi batteva contro lo sterno, la sensazione fredda del *combatti o fuggi* mi travolse. Non riuscivo a decidere se aver paura per me stessa o per lui.

Mi guardò. «Non molto.» Mi resi conto che stava rispondendo alla mia domanda precedente. «A malapena illegale.»

Mangiai lo yogurt lentamente, assaporandone la morbida cremosità.

«Come sei entrato nella *mafia*?»

«Nella bratva.»

«Cosa?»

«La *mafia* russa si chiama bratva. A causa della fratellanza. Io e mio fratello venimmo reclutati fuori dalle scuole secondarie.»

«Cosa sono le secondarie? Le medie, tipo?»

Nikolaj aggrottò la fronte.

«No, sono gli ultimi anni di studi. Tu li chiami superiori, immagino.»

«Quanti anni avevi?»

«Diciassette.» I soldi erano impilati e Nikolaj chiuse il laptop e si sedette.

«La ragazza di mio fratello stava morendo di cancro.

Aveva sentito parlare di una cura. Sai, pensava che potesse salvarle la vita. Ho chiesto un prestito alla bratva.» Fece spallucce. «Ovviamente non potevamo ripagarlo. Abbiamo pagato con le nostre vite.»

La colazione mi piombò in fondo allo stomaco. Chissà perché non mi ero mai interrogata su come Nikolaj fosse entrato nella bratva. Avevo dato per scontato che gli piacessero i soldi, le macchine appariscenti e il sesso con molte donne, e che lo facesse per quello.

Metabolizzai ciò che aveva detto. «Quindi tu e tuo fratello siete gemelli?» Ricordai il ragazzo che gli assomigliava, tranne che per gli occhiali, nella suite dell'hotel.

«Da.»

«Come si chiama?»

«Dima.»

«E cos'è successo alla sua ragazza?»

«Morì.»

L'avevo immaginato, ma mi rese comunque triste.

«Mi dispiace.»

«È stato molto tempo fa. Ora ne ha una nuova. Si sono trasferiti qualche mese fa, in modo che lei potesse studiare.»

Ancora una volta, misi nettamente a fuoco Nikolaj valutandolo come un essere umano a tutto tondo. Mi resi conto che era stato un po' rigido sull'ultima parte, e mi allungai per toccargli il ginocchio. «È stato difficile per te?»

Per un attimo non rispose, e già quella fu una risposta sufficiente. Immaginai nel che suo ramo di attività non gli piacesse manifestare debolezza. Non che la mancanza per il gemello fosse una debolezza.

«Va tutto bene» disse lentamente. «Tornano quasi tutti i fine settimana e lo vedo in videochiamata. Però no, non è la stessa cosa.» Guardò verso la splendida vista del lago. «Non è tanto il fatto che mi manchi, quanto...» Si allontanò e scosse la testa, come a respingere l'intera conversazione.

Gli presi la mano. Il gesto fu sia scioccante che familiare. Insomma, la notte avevo fatto sesso con lui, ma non eravamo esattamente intimi. Non eravamo amanti; solo partner sessuali.

Ero più sorpresa dall'istinto di tenergli la mano che da qualsiasi altra cosa, forse. «Cosa?» chiesi dolcemente, anche se sapevo che se avesse risposto, se mi avesse confessato i suoi problemi più intimi, avremmo deviato verso altro.

Oltre il sesso.

Mi guardò, con quella suggestiva cattiveria nell'accenno del suo sorriso. «Adesso mi serve un hobby.»

I capezzoli si strinsero. «Quindi io sono l'hobby del mese?» azzardai.

Il suo sorriso si allungò, facendolo sembrare più giovane. «Esattamente, Lentiggini. Torturarti sarà il mio divertimento.»

Bolle di eccitazione mi scoppiettarono dentro.

«A proposito, hai detto a Zane che non mi deve alcun pagamento per ora? Altrimenti ruberà anelli costosi a qualche altra ragazza.»

Esitai.

«Vuoi che glielo dica io?»

«No» dissi rapidamente. Zane probabilmente avrebbe sclerato. «Lo farò io.»

Portai il vasetto di yogurt e il cucchiaino in cucina, poi andai in camera da letto per mandare un messaggio a Zane.

Ho fatto un accordo con Nikolaj. Non devi più preoccuparti dei pagamenti.

Sapevo che Nikolaj aveva detto 'per ora', ma solo

perché non avrebbe cancellato il debito fino a quando non avessi completato il periodo di trenta giorni.

Dopo la notte, ero sicura di non fallire. Il sesso con Nikolaj non era una difficoltà. E neanche vivere nel suo splendido appartamento.

Sì, ero a sua disposizione e probabilmente mi avrebbe fatto fare ogni sorta di roba che non avevo mai provato, ma quello mi scaldava. Ero il tipo di persona che doveva essere spinta a superare i propri limiti, o non avrebbe mai provato nulla. No, la cosa più difficile di quel mese sotto il dominio di Nikolaj sarebbe stata non rimanerne coinvolta emotivamente.

Zane chiamò immediatamente.

Dannazione.

Non avevo nessuna voglia di rispondergli. Non volevo approfondire la cosa con lui. Ma se non lo avessi fatto, avrebbe continuato a chiamare. Risposi.

«Ciao.»

«Che cosa hai fatto?» Nella sua voce risuonava paura.

«Non preoccuparti. Mi occupo io della situazione. Basta che tu tenga il naso lontano dalla coca e rimetta in carreggiata i tuoi voti.»

«*Chelle.* Che cosa hai fatto?»

«Ho stretto un accordo con Nikolaj. Va tutto bene.»

«*Quale. Accordo?*»

«Non è necessario che tu conosca i dettagli. Non è niente di orribile.»

«Col cavolo che non lo è! Tu non conosci questi tizi! Chelle, riguarda il sesso? Ti sei prostituita…»

Agganciai; calde lacrime mi riempivano gli occhi. Ora mi sentivo una puttana. Ciò che era sembrato divertente ed eccitante un minuto prima ora sembrava vergognoso, oscuro e sporco.

«Ha dato di matto, non è vero?» Nikolaj era sulla porta

della camera da letto, a guardarmi. Sbattei le palpebre rapidamente, cercando di spingere le lacrime in gola.

«Sì, beh. Ha paura di te.»

«No, è incazzato. Probabilmente penserei meno a lui se non lo fosse. Gli permetterò di darmi un pugno in faccia quando lo vedrò. Me lo merito.»

Le parole di Nikolaj non mi fecero sentire meglio. Niente affatto. Lo guardai desolata.

«Ehi.» Attraversò la stanza e mi raggiunse. Quando mi abbracciai da sola, mi appoggiò le mani sulla vita e cercò di attirare il mio sguardo.

«Sei al sicuro con me. Lo sai, giusto?» Cercai di ingoiare il nodo che avevo alla gola. «Non sei prigioniera. Puoi andartene in qualsiasi momento.»

Argh. Le lacrime non smettevano di minacciare di uscire. La mascella era tesa nello sforzo di tenere tutto dentro.

«Vedi, è per questo che il sesso non dovrebbe essere una transazione» disse con esagerata esasperazione.

«Ti senti svenduta?»

Una lacrima mi scese sulla guancia e finalmente spostai lo sguardo fino al suo viso.

L'asciugò con il pollice. «Sei tu a non voler uscire con me» accusò.

Non riuscii farne a meno: scoppiai in una risata acquosa.

Per un minuto, mi permisi di immaginare cosa sarebbe successo se l'avessi invitato a uscire. Ma non ci riuscii. Perché non lo avrei fatto. Nikolaj non era un ragazzo con cui sarei uscita, e in genere non facevo sesso occasionale. I nostri sguardi si fermarono e ci fissammo, e gli angoli delle labbra di Nikolaj si curvarono in un sorriso.

«Dai. Ti piace l'idea di essere la mia schiava. Non c'è nulla di cui vergognarsi.»

Il pugno stretto che stringevo sotto le costole si allentò.

Parte della sensualità che avevo provato a seguito del nostro accordo ritornò. La gratitudine per la sua capacità di smuovere quell'interruttore in me lavò via il resto della vergogna e del giudizio. Raggiunsi il suo viso e lo tirai giù verso il mio, dandogli un bacio. All'improvviso desiderai arrampicarmi su di lui come se fosse stato un albero. Per ricompensarlo di essere stato così dannatamente gentile con me durante tutto il tempo. Dal momento in cui ero arrivata alla giocata per dargli la mia macchina fino a ora, era stato cento volte più premuroso di quanto mi aspettassi.

La sua mano mi afferrò il culo mentre restituiva il bacio.

«Per cosa è stato?» chiese quando ci separammo.

«Era solo... solo un grazie. Perché sei stato fantastico.»

«Incredibile, eh?» Si sbottonò i jeans. «Perché non mi dimostri la tua gratitudine?»

Mi leccai le labbra, i nervi che avevo la sera prima riaffiorarono mentre affondavo in ginocchio davanti a lui. Non che non sapessi fare pompini. Certo che lo sapevo. E pensavo anche di essere abbastanza brava. Ma volevo lo credesse Nikolaj.

Non devi esibirti.

Le parole della notte riecheggiarono contro i muri che avevo costruito in mia difesa, e fui ancora più piena di gratitudine. Gli afferrai la base del cazzo e lo accarezzai. Il cazzo si allungò nella mia presa, ondeggiando per me. Feci scorrere la lingua contro il suo frenulo e poi la feci roteare.

«Ecco, coniglietto. Fammi vedere quella tua bella bocca allungarsi intorno al mio cazzo.» Alzai lo sguardo verso di lui e lo ressi mentre separavo le labbra e lo prendevo lentamente in bocca. Rabbrividì, le palle si tirarono su e rilasciarono, il cazzo si ispessì e si allungò ancora di più. Assaggiai il sale della sua essenza mentre mi concentravo a succhiare intorno alla cappella, poi lo portai più in profondità, nello spazio della guancia.

«Mmm, che sexy, Lentiggini. Hai un bell'aspetto quando mi succhi il cazzo.» Le sue parole erano rudi, ma mi accesero.

Cercai di portarlo più in profondità, nella parte posteriore della gola. Non ero brava, di solito soffocavo, ma volevo provare. Rimase fermo e io mi mossi lentamente, impegnandomi a rilassare i muscoli della gola per portarlo più in profondità, sempre più giù.

Quando alzai di nuovo lo sguardo, lui era proprio lì con me, a guardare attento come capendo che stavo mettendo alla prova i miei limiti.

Mi staccai per un minuto per rilassare la mascella.

«*Ora* voglio che tu ti tolga la maglietta.» Me la tirò via dalla testa, poi mi pizzicò uno dei capezzoli. «Hai le tette più dolci del mondo.»

Le coprii con le mani. «Per dolci intendi piccole?»

Mi tirò via le dita e le tenne tirate sopra la mia testa, bloccate insieme con una mano. Con l'altra, schiaffeggiò leggermente il lato di uno dei miei seni due volte: una piccola sculacciata punitiva. «Intendo perfette.» Pizzicò l'altro capezzolo e lo tenne stretto tra le dita, il che mi fece sussultare mentre la figa si bagnava.

Quando mi lasciò le mani, tornai al mio lavoro: gli afferrai il cazzo e alimentai la sua lunghezza in bocca. Feci roteare la lingua sotto di esso, poi usai la mano per pompare mentre lo portavo dentro e fuori, così mi sembrava tutto dentro. Per tutto il tempo, i miei fianchi ondeggiarono e rotearono, la mia eccitazione divenne più forte con ogni piccola parte di piacere che davo.

«Sei così carina in ginocchio.» Nikolaj mi raccolse i capelli alla nuca, poi li usò per spingermi la faccia sul suo cazzo.

Ora aveva il controllo lui, io non avevo nient'altro da fare se non seguire la sua guida. Degradante, ma lo adoravo. Mi piaceva sentirmi usata da lui, un oggetto per il suo piacere.

Non volevo scoprire perché o cosa diceva di me.

I movimenti di Nikolaj crebbero più velocemente, più a scatti. Più frenetici.

Mi aggrappai alle sue potenti cosce per rimanere stabile, e le sentii tremare mentre si avvicinava al climax.

«Farai la brava e ingoierai?» Cercai di annuire con la bocca piena del suo cazzo, esprimendo il mio assenso con un verso, anche se non ero mai riuscita a ingoiare prima.

Nikolaj disse qualcosa in russo che suonò come un'imprecazione, poi sbottò con una serie di parole prima che le sue palle si stringessero e venisse. La sua sborra calda e salata mi colpì la parte posteriore della gola. Mi tirai indietro sorpresa, ricordandomi di rilassare il riflesso del vomito. Ingoiai, poi lo presi in bocca per succhiarlo di nuovo, provocandogli un altro orgasmo.

Continuò a parlare in russo, accarezzandomi la testa e la guancia. Poi mi afferrò i gomiti e mi tirò in piedi. «Vieni qui, coniglietto. So che anche tu devi venire.» Mi piegò sul bordo del letto e mi diede una raffica di schiaffi.

Tutto quello che riuscii a fare fu emettere grida di sorpresa – oh e ah – mentre lo shock mescolava il piacere con il dolore.

«Resta lì, *zajka*. Non muoverti.»

Obbedii, il viso sepolto nelle morbide coperte del suo letto. Lo sentii aprire un cassetto, ma non guardai. C'era qualcosa in quell'attesa eccitata – non sapere cosa ne avrebbe fatto di me – che rendeva il momento ancora più caldo.

Non poteva scoparmi perché aveva appena raggiunto

l'orgasmo, quindi cosa avrebbe fatto? Cos'aveva in programma?

Ritornò e mi schiaffeggiò il culo ancora un paio di volte, facendomi saltare e indietreggiare. Quando fece scorrere le dita tra le mie gambe, sentii i fluidi della mia eccitazione ricoprirmi la carne.

Mi divaricò le natiche e scattai dalla sorpresa.

«Stai fermo, coniglietto» mi istruì.

Una goccia di qualcosa di freddo mi atterrò tra le natiche e lui me la massaggiò sull'ano. Il cuore mi batté forte contro le costole. Lo volevo e non lo volevo allo stesso tempo. Era spaventoso ed eccitante. Un oggetto metallico freddo mi premette contro l'ano.

Strinsi e cercai di raddrizzarmi, ma Nikolaj mi spinse il busto verso il basso.

«Rilassati, Lentiggini. Ti scoperò il culo e ti piacerà. Devo prepararti per il mio cazzo.» Non ne ero ancora così sicura, ma stava esercitando una leggera pressione al mio ingresso posteriore.

«Espira e spingi» mi istruì.

Trattenni il respiro per un momento mentre facevo fatica ad accettare ciò che stava accadendo. Ma anche se stavo opponendo resistenza, il piacere di avere il mio ano esplorato prese il sopravvento sulla vergogna. Mi costrinsi a rilassarmi e spingere, come aveva ordinato, e il plug scivolò in avanti.

«Oh! Oh» gemetti mentre mi allargava.

«Prendilo, Chelle.» Fece gocciolare più lubrificante sul plug e mi stuzzicò con esso, scopandomi il culo con la punta.

Fu meraviglioso. Orribile e meraviglioso. Lo amavo e lo odiavo. Sentii la figa troppo vuota e la raggiunsi con il braccio sotto di me per toccarla.

«Esatto, *zajka*. Gioca con quella bella figa mentre io

gioco con il tuo culo. Hai il permesso di venire quando sei pronta.»

Permesso di venire.

Avevo già dimenticato la regola della sera prima. Quella che avevo infranto.

Le mie dita affondarono nella figa senza che nemmeno mi sforzassi: ero bagnatissima e gonfia laggiù, come una terra straniera.

Nikolaj mi scopò con il plug, stuzzicandomi il culo con una serie di pompate prima di spingerlo un po' più in profondità ogni volta. Allargandomi di più a ogni spinta.

Mi lamentai, febbricitante per il bisogno di venire ma non ancora pronta. Dovevo rimanere troppo ferma per Nikolaj; volevo avere qualcosa di più nella figa. Ma era bellissimo. Soddisfacente nel modo più edonistico e delirante possibile.

Nikolaj spinse il bulboso plug fino in fondo, il che fu sia un sollievo che una delusione, perché volevo di più. Ma non aveva mica finito. Continuò a scoparmi con esso, tirandolo fuori e spingendolo dentro. Immersi le dita nella figa, più dita.

Non mi ero mai sentita così laggiù, come un fiume in piena!

«Ti prego» cominciai a supplicare. «Ti prego, Nikolaj. Oh, ti prego.»

Ringhiò e mi allargò le gambe. «Muovi le dita.» La sua voce roca mi rese ancora più calda. Mossi le dita e lui iniziò a schiaffeggiarmi la figa: schiaffi corti e pesanti sulle mie pieghe, che mi colpivano il clitoride. Mi punsero e diedero soddisfazione in un modo che le mie dita non potevano fare. Quando coordinò gli schiaffi con la scopata del culo, persi completamente la testa. Iniziai a supplicare, o forse a urlare.

Sicuramente emettevo versi fuori controllo.

Nikolaj mi sculacciò più forte e io gemetti, poi raggiunsi la figa freneticamente con entrambe le mani, piegandomi sulle dita mentre venivo più forte di quanto non fossi mai venuta in vita mia.

Alla fine quasi svenni. Ero frastornata e molle e completamente distrutta.

Nikolaj mi sollevò per portarmi sul letto, e io rimasi lì sdraiata con la mente sbalordita per quelle che avrebbero potuto essere ore. O forse solo minuti. Proprio non sapevo. Tutto quello che sapevo era che il mio mondo si era espanso in modi che non avevo mai creduto possibili. Finalmente riuscii a rotolarmi sulla schiena e a sbattere le palpebre.

«Ecco qui.» Nikolaj mi porse un bicchiere d'acqua. Dovetti sforzarmi anche solo per sollevarmi sugli avambracci e bere.

«È stato folle» ansimai tra un sorso e l'altro. Il sorriso di Nikolaj era compiaciuto.

«Ho appena iniziato, Lentiggini.»

CAPITOLO DODICI

Nikolaj

TROVAVO difficile ora rimpiangere le mie cattive capacità decisionali. Guardare Chelle sciogliersi era stato un fottuto privilegio.

Mi occupai degli affari mentre Chelle faceva la doccia; pagai Oleg, Adrian e Ravil e poi ordinai alcuni gyros e un'insalata greca d'asporto.

«Hai bisogno di un tavolo da pranzo» annunciò Chelle quando arrivò il pranzo e io lo misi sul ripiano di quarzo del bancone per la colazione.

«Davvero?» osservai l'appartamento. Un tavolo da pranzo era inutile vivendo da solo. «Ho riorganizzato molte volte l'arredamento, ma nulla sembrava giusto» ammisi, agitando il braccio per indicare la zona giorno open space.

«Dove dovrei metterlo?»

«Vicino alle finestre. Sicuramente.» La voce aveva un timbro caldo che mi provocò qualcosa di strano dentro.

«Dovrai sceglierlo tu per me» le dissi. «È il tuo prossimo compito.»

«Mi dai i compiti, eh? È così che funziona?»

Adorai il tono civettuolo delle sue parole. «Fai quello che ti viene chiesto. Questo è tutto.» Le parole erano dure ma il tono morbido, come sempre.

«Pensavo che si trattasse solo di sesso.» Mi guardò da sotto le ciglia. Aveva il mascara e un trucco leggero che per qualche motivo mi accese. Forse perché aveva fatto quello sforzo per me.

«Si tratta di tutto il cazzo che voglio. Vieni a mangiare.» Scostai uno degli sgabelli dal bancone. Il design della suite era simile a quello dell'attico del piano di sopra, solo che era grande la metà.

Saltò sullo sgabello e aprì la confezione.

«Non cucini molto, vero?» Aprì un contenitore di polistirolo ed emise un verso di approvazione.

«Riscaldo nel microonde» le dissi. «So cucinare le uova. E basta. A te piace cucinare?» All'improvviso avrei voluto avere più tempo per seguirla tramite il suo Echo. Come se mi fossi perso alcune delle cose che facevano parte della vita di Chelle e volessi recuperare.

«Mi piace cucinare» disse. «Il brunch è il mio preferito.»

«Brunch. Cosa si mangia per brunch?»

Sorrise. «Sai, è una colazione. Frittate o quiche. O frittelle di ricotta. Macedonia. Mimosa.»

Una sensazione sconosciuta mi si agitò nell'intestino. Qualcosa simile alla gelosia, che non aveva senso.

«E per chi prepari questi brunch?» Suonai molto più scontroso del solito.

Fece spallucce. «Zane. O Shanna, la mia amica del Red Room.» Prese il gyros e lo strinse per dargli un morso.

La gelosia rimase.

«Domani mi preparerai il brunch.» Il mio tono imperioso mi fece sembrare un cazzone totale, ma non riuscii a trattenermi. Volevo essere io il destinatario delle sue attenzioni. Del suo cibo.

Fortunatamente, non colse il tono da stronzo. O magari le piaceva davvero cucinare il brunch, perché ne fu contenta. «Va bene. Ma devo andare a fare la spesa, perché non hai molto in frigo.»

Annuii. «Andremo a fare la spesa insieme.»

«Andremo a comprare anche i mobili? O lo farò da sola?»

Un'altra spiacevole ventata di rabbia mi attraversò. «Andremo insieme.»

Bljad'.

Identificai la sensazione. Possessività. L'avevo provata al Red Room la sera in cui quel ragazzo le aveva parlato al bar. Ora ero incazzato perché dispensava il suo tempo e le sue attenzioni a chiunque non fossi io.

Cosa diavolo c'era di sbagliato in me? Non ero mai stato possessivo nei confronti di una donna in vita mia. Anzi, di solito non vedevo l'ora di filarmela subito dopo il sesso. Non c'era da stupirsi che infrangessi tutte le mie regole, con lei.

C'era qualcosa di diverso in lei, di sicuro. Mi aveva affascinato. La scontrosità che provavo era la stessa di cui Dima aveva sofferto con Natasha. Più che altro perché non pensava di poterla avere.

Cazzo.

La consapevolezza di essere nella sua stessa e fottuta barca mi colpì come un pugno allo stomaco.

«Cosa?» chiese Chelle. Resi immediatamente vuota la mia espressione. Era quello che era. Una transazione.

Trenta giorni per i debiti di suo fratello. Chelle non voleva una relazione con me, lo aveva già chiarito.

L'oscura gelosia rimbombò di nuovo nella fossa del mio stomaco.

«Sto solo pianificando tutti i modi in cui ti torturerò, coniglietto» dissi in modo oscuro. Smise di masticare e strinse le cosce, come eccitata. Cosa che diede un senso a tutto. Almeno avremmo entrambi soddisfatto le nostre fantasie sessuali.

Far urlare Chelle, anche se per poco, era soddisfacente quasi quanto poterla tenere.

CHELLE

«Quindi... cosa devo fare per guadagnarmi una lezione di spinning?» Strisciai sulle ginocchia di Nikolaj per cavalcarlo, lì sul divano.

Non sapevo quando fossi diventata una seduttrice, ma mi comportavo così fuori dai miei schemi da sentirmi forte e divertente.

Avevamo visitato un paio di negozi di mobili senza che trovassi nulla di adatto, e ci eravamo fermati a fare la spesa per la settimana. Avevo lasciato che pagasse Nikolaj, ovviamente. Ora eravamo sul divano a cercare online un set di mobili da pranzo.

Mi afferrò il culo e mi sfregò contro la sua erezione. Da come le sue palpebre si abbassarono, ero sicura che stesse pensando a decine di cose sporche da ordinarmi, ma poi invece chiese: «Che senso ha lo spinning? Cioè, pedalare al chiuso? Non capisco.»

«Beh, ci sono l'istruttore e la musica e tutta l'energia della classe a motivarti. È divertente.»

«Mmm.»

Non la risposta che stavo cercando. Ero praticamente dipendente dalla mia lezione di spinning. Mi affidavo all'esercizio fisico e alle endorfine per superare la settimana e tenermi in forma. Non sarei mai sopravvissuta un mese senza spinning.

Ok, ero eccessivamente melodrammatica, ma avrebbe comunque fatto schifo. Avrei preferito trovare un accordo con Nikolaj.

Mi passò un dito sulla catenina che avevo intorno al collo e si fermò sul piccolo ciondolo che rappresentava la stella di Davide.

«Me lo diede mio padre» dissi come spiegazione, perché percepii la domanda nel suo gesto. «Un regalo per il bat mitzwah.»

Nikolaj studiò il mio viso senza commentare. «Sei religiosa?»

Feci spallucce. «No, ma è morto.»

Annuì. «Lo so.»

«Come lo sai?»

«Tuo fratello è al mio tavolo da oltre un anno. È mio compito conoscere il background dei miei clienti.»

Avrei voluto sbuffare alla parola cliente, ma percepii empatia nello sguardo di Nikolaj; e poi aveva colpito il mio punto debole.

«Sai come morì?» Il sapore amaro del dolore e la rabbia rimanente mi riempirono la bocca.

Annuì di nuovo e mi accarezzò leggermente la guancia con il pollice.

«Mi dispiace, *zajka*. Deve essere stato difficile per te, con tuo fratello ancora così giovane.»

Argh. Lo aveva detto. Le lacrime mi spuntarono all'istante negli occhi.

«Sì» dissi quasi strozzandomi. «Soprattutto...» Mi interruppi perché, beh, era Nikolaj la causa del mio attuale stress riguardo Zane. Certo, era colpa di Zane, ma il problema era Nikolaj.

«Soprattutto ora?» chiese, indovinando fin troppo.

«Il vizio del gioco d'azzardo di Zane deve essere difficile da sopportare dopo quello che è successo a tuo padre.»

Un singhiozzo mi uscì dalla gola e mi spostai per scendere dalle sue ginocchia. Nikolaj mi prese la vita e mi tirò indietro. «Non scapparmi, lentiggini» mormorò.

«Posso prendermi le tue lacrime. Consentimelo.»

Che cosa strana da dire. Forse gli era difficile tradurre la frase dal russo, ma comunque mi liberò.

Gli diedi un pugno al petto mentre mi lasciavo andare a un pasticcio isterico. Mi prese i polsi e cercò di abbracciarmi mentre continuavo a lottare.

Non avevo nemmeno mai ammesso ad alta voce di provare tanto terrore. Che Zane finisse come mio padre, con una pallottola in testa a causa del suo problema con il gioco d'azzardo. Ora che Nikolaj l'aveva detto, incombette, enorme e terribile, l'ombra mostruosa che tanto avevo cercato di tenere sotto chiave.

La cosa che avevo cercato così duramente di tenere a bada per entrambi. Gli diedi un altro pugno sul petto.

«È colpa tua» lo accusai, anche se non era vero.

«Non lo lascerò tornare, ok? Nemmeno dopo che il debito sarà stato pagato.»

Mi buttai contro di lui, seppellendo la faccia bagnata contro il suo collo e avvolgendo le braccia intorno alle sue spalle forti.

«Grazie» singhiozzai, ben sapendo che il fatto che Nikolaj si rifiutasse di permettere a Zane di tornare non significava che mio fratello non avrebbe trovato un altro posto dove giocare, se avesse voluto.

Zane aveva bisogno di aiuto.

Più di quanto io gliene potessi offrire.

Nikolaj mi accarezzò lungo la schiena.

«Ho passato metà della mia vita a cercare di mantenere in vita mio fratello quando non era sicuro di voler vivere» disse Nikolaj. «So cosa vuol dire essere quello che cerca di impedire alla barca di capovolgersi.»

«Mi dispiace.» Mossi le labbra contro la pelle morbida del suo collo. «So che questa merda è colpa di Zane, non tua.»

«Io ne faccio parte» ammise Nikolaj. «Ma tu sei innocente. Non è giusto farti pagare.»

Alzai la testa, asciugandomi le lacrime con il dorso della mano. «Sei una brava persona, Nikolaj. Per essere un cattivo.»

Sulla bocca gli comparve l'accenno di un sorriso triste. Come se fosse d'accordo sul fatto di essere il cattivo pur non volendolo.

Fece spallucce. «Ho cercato di comportarmi bene. Ma eri troppo allettante.»

Mi accarezzò la schiena e mi piazzò le mani sul culo, poi diede una leggera strizzata.

Affondai il viso nel suo collo e lo baciai lì. Baci leggeri e, come quando gli tenevo la mano, incredibilmente intimi e semplici allo stesso tempo. Gli baciai la mascella, la tempia. Mi cullai sul suo cazzo. Ero dolorante dalla scorsa sera e dal plug anale di questa mattina, ma sarei potuta facilmente venire di nuovo.

L'accordo – o forse era solo Nikolaj, proprio lui – mi aveva trasformato in una persona che a malapena riconoscevo. Un'edonista sfrenata che aveva il potere sia di sedurre che di arrendersi.

«Allora, a proposito della lezione di spinning…» Gli feci le fusa nell'orecchio mentre ondeggiavo sulle sue ginocchia.

«Dovrai guadagnartela» mormorò, tirandomi via la

maglia dalla testa. «Stai facendo un ottimo lavoro, ma non ci sei ancora.»

Oscillai sulla sua erezione come se fosse già dentro di me. «Ah no?» dissi con voce vellutata. «Cosa ci vorrebbe?»

Mi sganciò il reggiseno e lo tolse.

«Ci stai arrivando. Ma hai ancora i vestiti addosso. Perché?»

Scivolai all'indietro scendendo dalle ginocchia e mi tolsi jeans e mutandine mentre lui si sbottonava i pantaloni e tirava fuori un preservativo dalla tasca posteriore.

«Perché sarei stata arrestata se fossimo andati a fare shopping nudi» dissi e allargai le braccia. «Problema risolto.»

«A casa mia ti voglio nuda» disse mentre mi mettevo a cavalcioni. «O quasi.»

Mi toccò la stella appesa al collo. «Ti avrei fatto indossare il collare, ma non voglio rovinarti questo.»

Mi fermai a metabolizzare le cose: l'inaspettata svolta di sentire che voleva farmi passare da animale domestico e la sua considerazione del tributo a mio padre.

Mi buttai di nuovo contro di lui, baciandolo sulla bocca, la mia lingua si intrecciò con la sua mentre srotolava un preservativo e teneva il cazzo fermo per farmi affondare.

«Ecco, *zajka*. Dimentica la lezione di spinning. Puoi cavalcare me.»

Risi e rimbalzai su e giù sul cazzo, amando quanto mi facesse sentire potente e sexy. Quanto mi sentissi interessante e ammirata.

Nessuno mi aveva mai fatto sentire così prima.

Lo adorai e mi distrusse allo stesso tempo.

Perché dovevo ricordarlo: nulla di tutto ciò era reale.

Mancavano trenta giorni alla libertà di Zane. Nikolaj

era un playboy, e nulla lì era reale. Non che non potessi godermela finché c'ero…

Nikolaj mi tenne la vita e mi aiutò, quando iniziai a stancarmi. Chiusi gli occhi, lasciai ricadere la testa all'indietro per lasciare che i miei lunghi capelli mi spazzolassero la colonna vertebrale e mi godetti quelle deliziose sensazioni.

Dopo aver raggiunto il picco rallentammo il ritmo, e passai a un'ondulazione più circolare dei fianchi, macinando il clitoride contro i suoi lombi.

Respiravamo insieme.

Il tempo rallentò. Forse si fermò. Eravamo sospesi in un luogo di piacere carnale.

Nikolaj mi pizzicò uno dei capezzoli, roteandolo tra le dita e tirandolo e poi, improvvisamente, il ritmo lento non fu abbastanza.

Lo cavalcai sul serio, come se la mia vita dipendesse dal raggiungimento di quel climax. «Non venire finché non ti do il permesso» mi ricordò.

«Sei cattivo» ansimai avvicinandomi. Ci ero vicinissima.

«Attenta, o non ti lascerò venire affatto.»

«Cattivo» dissi di nuovo.

Forse lo stavo in parte provocando. Avevo adorato la sculacciata che mi aveva dato la notte in cui mi ero ubriacata al Red Room.

Mi aveva fatto male, ma era stato anche sexy.

Capii che ci stava arrivando anche lui, perché non rispondeva. Aveva la bocca aperta, la mascella leggermente in avanti.

«Sei sexy quando fai il cattivo» ammisi.

Mi pizzicò entrambi i capezzoli contemporaneamente, forte, e io gridai: il mio orgasmo iniziò.

Nikolaj mi afferrò i fianchi e spinse dentro nello stesso

momento in cui mi tirò giù, andando più a fondo di quanto avrei mai pensato possibile. Ripeté l'azione ancora e ancora e poi gridò qualcosa in russo e venne. Infilando le mani tra di noi, mi strofinò il clitoride con il pollice e il resto del mio climax esplose, i muscoli ebbero spasmi intorno al grosso cazzo, mungendo il resto del suo seme nel preservativo.

«Oh mio *Dio*» ansimai, dondolandomi lentamente sul cazzo, inarcando i seni verso il suo viso ogni volta.

«Hai infranto la regola.» Gli occhi azzurri di Nikolaj erano caldi, il sorriso dannatamente sexy.

«Niente spinning.» Smisi di dondolare i fianchi e spalancai la bocca per protesta. Mi diede un leggero schiaffo sul lato del culo. «D'altronde, *sono cattivo*.»

«Niente spinning mai più o solo oggi pomeriggio?»

«Dipende, Lentiggini. Dovrai dimostrarmi quanto sai fare la brava.»

Misi il broncio.

«Forse non volevo fare la brava.»

Ridacchiò e mi fece scendere dalle sue ginocchia. «È quello che sospettavo.»

Si tolse il preservativo e si alzò. Recuperai i miei vestiti, ma lui mi fermò con un tagliente «Via i vestiti» mentre andava al bagno per buttare il preservativo.

«E se mi ammalo?»

«Non ti ammalerai. Vieni qui, coniglietto.»

Mi prese la mano e mi condusse in fondo al divano, dove mi spinse il busto verso il basso. «Aspetta, no» dissi quando mi resi conto di ciò che voleva fare, ma era troppo tardi. La sua mano si abbatté sul mio culo nudo con uno schiaffo clamoroso.

«Ahia!» strillai.

Non si fermò. Mi diede una dozzina di schiaffi veloci mentre ballavo sul posto, poi si fermò e mi strofinò il culo.

«È quello che volevi, Lentiggini?»

«No.» Misi il broncio, anche se era così. Il bruciore dovuto ai suoi schiaffi si stava già trasformando in calore e formicolio tra le gambe.

«Stai mentendo.» Mi sculacciò ancora un paio di volte.

Risi, emisi un «Ah» e mi alzai in punta di piedi, sollevata quando si fermò ancora una volta per massaggiare via il bruciore.

Si chinò e mi morse il fianco. «Sei così dannatamente carina.» Mi diede un altro schiaffo. «Prepariamo la cena. Puoi metterti una maglia, ma solo una mia. Non vedo l'ora di vedere come pensi di usare tutti quegli ingredienti.»

CAPITOLO TREDICI

Nikolaj

«Affettale per la salsa di olive e capperi» mi istruì Chelle, versando una manciata di olive da un barattolo sul tagliere.

Tirai fuori un coltello dal cassetto e iniziai. «Non so nemmeno cosa significhi» ammisi. «Quante fette?»

«Cosa?»

«Quante fette? Per ogni oliva?»

Rise. «Non lo so, quante ne vengono. Non importa.»

Si muoveva rapidamente nella mia cucina, prendere le cose dal frigorifero, accendeva il forno. Io assaporavo la sensazione di averla lì.

Le cucine erano il cuore di una casa. Nostra madre ci aveva mostrato amore anche in cucina. Al piano superiore, nell'attico, la cucina era stata il fulcro della suite. Era stato il posto dove si riunivano tutti, dove le nostre vite si intersecavano in modo diverso dalla bratva.

Era ancora vero, ma io la percepivo diversamente dopo che Dima se n'era andato. Dopo che tutti tranne me si erano accoppiati. Era diventato un posto che evitavo piuttosto che uno in cui gravitare.

Ma ora anche la mia cucina godeva di quella sensazione. Non quella alienante. Quella di casa. Chelle poteva essere piccola, ma era una potente forza della natura. Riempiva lo spazio con la sua personalità.

Avrei voluto rinegoziare l'accordo. Farla rimanere più a lungo. Accettare che si trasferisse e illuminasse la mia cucina per il resto della sua vita.

«Serve un po' di musica» mi disse.

Nonostante avessi già raggiunto l'orgasmo due volte oggi, il mio cazzo divenne di nuovo duro, ricordandola mentre ballava in reggiseno e mutandine a casa sua.

Accesi le casse e presi il suo telefono.

«Qui hai una playlist che ti piace?»

Il suo sorriso quasi mi fece cadere a terra. Aperto. Generoso. Grato. «Fammi vedere.»

Tese la mano.

Anziché darglielo, mi alzai e andai proprio accanto a lei, mettendole un braccio dietro la schiena e tenendo lo schermo per farle sbloccare il telefono e recuperare la playlist.

«Grazie» dissi quando la trovò, e andai alle impostazioni per la sincronizzazione.

«Tra l'altro ora so la tua password.» Fu il senso di colpa a farmi parlare. Non sapeva che l'avevo spiata nella sua cucina. Che avevo chiesto a Dima il pacchetto completo da stalker. Almeno doveva sapere che ero tipo da memorizzare le password quando venivano utilizzate davanti a lui.

Mi lanciò un'occhiataccia dall'altra parte della cucina, ma la musica era già iniziata, e vidi che si impossessava di lei. Annuì leggermente con la testa. Fece un piccolo movimento delle spalle. «Dovrei essere preoccupata?» Grattugiò la buccia di limone su un piattino.

«Probabile» le dissi tornando al tagliere.

«Mio fratello è uno dei migliori hacker russi in circolazione. Tendo a presumere che qualsiasi informazione sia affar mio, dato che posso avervi accesso.»

«Dima?»

Mi piaceva che ne ricordasse il nome. Tagliai tutte le olive e le raccolsi in una ciotolina per lei.

«Dima. È il più pericoloso di tutti noi, con quel suo modo di fare tranquillo.»

Sembrava interessata. «Quindi può hackerare cose come la mia e-mail?»

Tagliò il limone sbucciato a metà e spremette il succo in un misurino.

Emisi un verso beffardo. «In circa cinque minuti.»

«Per questo sapevi di mio padre?»

Non desideravo particolarmente discuterne, ma lei meritava la verità.

«Dalla ricerca digitale, sì.»

«Ma è... raccapricciante.»

Vidi un brivido correre lungo la sua spina dorsale. «Quanto è organizzata la tua organizzazione?»

«Non ho intenzione di parlarne con te, ricordi?»

Lo metabolizzò. «Immagino di aver capito adesso... beh, sembra più grande di quello che pensavo. Avrei dovuto arrivarci, considerato l'edificio e tutto il resto.»

Cambiai argomento.

«Allora, e tua madre? Perché non è qui ad aiutarti con Zane?» Sapevo dalle ricerche di Dima che sua madre si era risposata e viveva a Dallas, ma non c'era nient'altro su di lei.

Alzò gli occhi al cielo. «Mia madre non si preoccupa di nessuno a parte sé stessa.»

«Mi dispiace.»

Fece spallucce. «È quello che è. Ci lasciò quando io

avevo dieci anni e Zane sei. Si è risposata e si è trasferita in Texas. Fine della storia.»

Improvvisamente capivo perché Chelle fosse così determinata ad affrontare il mondo da sola. Non aveva potuto fare affidamento sulle persone della sua vita che avrebbero dovuto guardarle le spalle.

Provai un forte bisogno di essere il ragazzo su cui poteva contare, ma anche se il desiderio mi riempiva sapevo che non lo avrebbe accettato. Lei non mi voleva e non si fidava di me. Voleva solo sesso, e per concludere un affare.

«Cosa faccio adesso?» chiesi.

«Prendi il sacchetto di spinaci, l'uva e la cipolla rossa dal frigorifero per l'insalata.»

«Vanno tutti insieme?» Tirai fuori gli ingredienti e una ciotola.

Lei la guardò con disgusto. «Non hai un'insalatiera?»

«Mi sono appena trasferito, ricordi? Puoi ordinarmi tu anche quella.»

Mi guadagnai un sorriso. «Sì, hai bisogno di un sacco di cose per la cucina.»

«Qualunque cosa serva a te» le dissi.

Mi lanciò uno sguardo che non riuscii a decifrare, ma le squillò il telefono e la musica si interruppe. Si irrigidì quando vide lo schermo, il che mi fece scorrere una violenta ondata di consapevolezza attraverso il corpo.

«Ehi, Zane.»

Mi forzai di aprire i pugni. Era solo suo fratello. Nessuno da uccidere.

Zane parlava abbastanza forte da permettermi di sentire. «Dove sei?»

«Perché?»

«Dove sei, Chelle? Devi dirmelo.»

«Che succede, Zane?» Mi voltò le spalle, il che mi infastidì più di quanto avessi voglia di ammettere.

«Ho bisogno di sapere dove sei.»

«Sono da Nikolaj. Che problema c'è?»

«A casa sua?»

«Sì. Nel suo bell'appartamento. Stiamo preparando la cena: pollo con capperi e olive. Sto bene. Va tutto bene» disse con fermezza. «Ti ho detto di non preoccuparti per me.»

O Zane rimase in silenzio o parlò troppo piano perché potessi sentirlo.

No, stava zitto, perché lo sentii borbottare qualcosa che non riuscii a capire, e poi Chelle allontanò il telefono dall'orecchio per guardare lo schermo e scosse la testa.

Si girò e incontrò il mio sguardo. «Zane ha perso la testa.»

«Che c'è?» Ero al limite. Avevo un formicolio di avvertimento lungo la schiena, ma non sapevo come interpretarlo. Chelle non era in pericolo a causa suo fratello.

Forse lo ero io.

Bene, benissimo così. Potevo gestire Zane, se preparato. Non poteva entrare nell'edificio senza il mio permesso, e alle giocate ero protetto. Non avrebbe saputo dove altro trovarmi, a meno che Chelle non gli avesse dato un indizio.

«Non lo so. Voleva sapere dove fossi. E poi ha imprecato e attaccato.»

«Forse vuole uccidermi.» Lo dissi con gran calma, ma lei si girò e spalancò gli occhi. Guardò di nuovo il telefono, poi i suoi pollici iniziarono a volare sullo schermo mentre gli scriveva qualcosa. Decisi di non fare il cazzone e chiederle di vedere cosa.

L'allarme del forno trillò e lei si spaventò, poi tirò fuori il pollo usando un piatto.

«Hai bisogno di guanti da forno» mi disse mentre posizionava il vassoio sui fornelli.

«Ordina quello che vuoi» le ripetei.

Si agitò tutta per mettere insieme il resto della cena, tesa e infelice. Io apparecchiai la tavola e aiutai con l'insalata.

«Ehi.» Le appoggiai leggermente le mani sulla vita, da dietro. «Non preoccuparti per Zane. Lo gestisco io.»

Annuì, ma senza girarsi.

Avrei voluto risolvere la cosa, ma non potevo. Ero stato io a scegliere di usare la sorella di qualcuno per pagarne il debito. L'accordo era marcio fin dall'inizio. E le ripercussioni le avremmo naturalmente subite tutti.

CAPITOLO QUATTORDICI

Chelle

Dopo cena Nikolaj mi disse di vestirmi.

«Andiamo da qualche parte?»

«Sì. Giù fino al lago, quindi vestiti pesante.»

Il calore e qualcos'altro – eccitazione, forse – mi attraversarono. Andai nella sua camera da letto per mettermi un paio di jeans e un maglione pesante. Non avrei dovuto divertirmi tanto. A giocare alla convivenza con Nikolaj. Nel sesso. A preparare la cena insieme. E ora a una passeggiata in riva al lago. Romantico e dolce. Come se fosse stato il mio ragazzo, e non uno a cui vendevo corpo e anima per un mese intero.

Stava cercando di... mi stava corteggiando?

No, era ridicolo. Perché avrebbe dovuto?

Ma quando rivedevo tutto ciò che era successo tra noi fino a quel momento attraverso quella lente, quasi calzava. Mi aveva portata a casa dal Red Room ma si era rifiutato di fare sesso con me. Da vero gentiluomo. Non mi aveva preso la macchina. Anche quello molto galante. Mi aveva permesso di riavere l'anello pagandolo con un solo bacio.

Era uscito a cena con me, il che era stato un enorme favore da chiedergli, considerato che non avevamo una relazione.

E poi voleva essere invitato a uscire. Ecco la prova più schiacciante che avevo. Voleva che gli chiedessi di uscire ma io avevo rifiutato, e apparentemente ferendolo.

E poi mi aveva offerto l'accordo. Il battito accelerava mentre valutavo i fatti.

Gli piacevo *davvero*?

Per qualcosa di più del sesso?

L'idea mi entusiasmava, anche se avevo tirato su una dozzina di barriere intorno al mio cuore. Non potevo lasciarmi coinvolgere da Nikolaj.

Per quanto incredibile fosse il sesso, e per quanto mi affascinasse lui, non sarei mai e poi mai uscita con uno della *mafia* russa.

E intendevo, mai, mai, mai.

Era già abbastanza brutto che mio padre fosse stato un giocatore d'azzardo, ma almeno quello era legale. Non avrei mai potuto stare con uno che faceva cose che non lo erano. Uno che operava nella violenza. No. Nikolaj era un uomo pericoloso inserito in un'organizzazione ancor più pericolosa. Non potevo assolutamente prendere nemmeno in considerazione l'idea di eccitarmi per il fatto di piacergli.

Naturalmente i battiti e il calore che mi sfrecciavano nel petto non avevano aspettato alcun permesso da parte mia. Non riuscivo a controllare l'attrazione che provavo per Nikolaj.

Presi la giacca e uscii dalla camera.

Quando presi la borsa, Nikolaj me la tolse dalla spalla e la mise giù.

«Non ne avrai bisogno.» Mi prese la mano. «Andiamo.»

Cercai di rallentare i battiti mentre prendevamo l'ascensore per il piano terra, ma si rifiutarono di obbedire.

Il mio corpo era vivo, accanto a Nikolaj. Le mie terminazioni nervose formicolavano per il fatto di essergli vicina. Di respirare il debole profumo del suo sapone e del dopobarba.

Scendemmo al piano terra e uscimmo nella hall. Alla reception c'era lo stesso ragazzo tatuato della prima volta che ero venuta al Cremlino.

«Non hai mai un'ora libera da queste parti?» Feci finta che fossimo in amicizia e non avessi pianto, implorato e scalato quell'uomo come un albero l'unica altra volta che l'avevo visto.

Sorrise. «Ho appena iniziato il turno.»

Il suo sguardo passò da me a Nikolaj con interesse. «Piacere. Majkl.»

Nikolaj ringhiò qualcosa in russo e perse il sorriso.

«Chelle.» Tesi la mano.

Majkl guardò Nikolaj senza prenderla.

«Cosa gli hai detto?» chiesi.

«Gli ho detto di non flirtare con te altrimenti la sua lingua fa la fine di quella di Oleg» mormorò Nikolaj.

Il mio sorriso si allargò e allungai ulteriormente la mano. «Puoi stringermi la mano» dissi a Majkl. «Nikolaj mi possiede già.» A Nikolaj sfuggì una risatina involontaria.

Non appena Majkl vide che sorrideva, mi strinse la mano, troppo forte.

«Ahia.» Agitai le dita quando me la lasciò. «Sei più forte di quanto pensassi.»

«Spaccone» ringhiò Nikolaj. «Toccala di nuovo e muori.»

Non riuscii a fermare l'ondata di piacere che mi attraversò per la possessività di Nikolaj. Avevo ragione. Gli piacevo. Lo presi a braccetto come a un vero e proprio appuntamento e gli sorrisi mentre mi conduceva fuori dalle porte di vetro, sul marciapiede. Mi rispose con un sorriso caldo. Lui fece l'occhiolino e io un sorriso smagliante come una demente.

«Non ti arrampicare su di lui mai più» disse, e scoppiai a ridere.

«Non ti è piaciuto? Stavo cercando di vederti.»

«Stavi cercando di riavere il tuo anello» brontolò.

«Ne hai ricavato un bacio» gli ricordai, e il suo sorriso affettuoso rifiorì. «E qualche leggero palpeggiamento, che ha praticamente scosso il mio mondo, devo confessarlo.»

Ora mi fece un sorriso a trentadue denti.

Si fermò e tirò il mio corpo contro il suo, avvolgendo il braccio intorno alla mia schiena.

Mi si fermò il respiro, inclinai il viso verso di lui. La mano si diresse verso il mio culo, come durante quel bacio.

«Rifacciamolo, allora» mormorò mentre abbassava le labbra verso le mie. Era buio e il marciapiede era per lo più vuoto. Il suo corpo bloccava il vento freddo che veniva dal lago e il suo respiro era caldo sul mio viso.

Mi accarezzò dolcemente le labbra con le sue. Andai immediatamente a fuoco, il mio corpo ora apparteneva pienamente a lui.

Raggiusi il suo viso e lo baciai di nuovo, con la lingua che gli divaricava le labbra.

Mi strinse e mi impastò il culo con una mano, poi aggiunse l'altra. Portai le mani intorno al suo collo e gli saltai a cavalcioni.

Ridacchiò contro le mie labbra.

«Su di te posso arrampicarmi?»

«È proprio dove voglio che tu stia» dichiarò, e mi baciò fino a farmi venire le vertigini.

Delle voci risuonarono alle sue spalle, e mi fece tornare indietro con un gemito. «Domani non faccio scendere dal mio letto nemmeno per un minuto.»

«Oh, dai.» Lo presi a braccetto di nuovo. «Mi hai per tutto il mese.»

Il sorriso gli svanì e un po' di calore abbandonò i suoi occhi. Guardava avanti invece che verso di me mentre passeggiavamo, e mi si strinse lo stomaco.

Voleva più dell'accordo. L'avevo capito già prima di uscire, ma il suo cambiamento di umore me lo aveva confermato.

Avrei dovuto dirglielo subito: spiegargli perché non potevo farlo davvero.

Solo che non riuscivo a parlare. Non volevo pronunciare quelle parole. Rovinare ulteriormente quello che era stato un momento magico.

Quando arrivammo alla riva, Nikolaj si fermò a una rastrelliera di biciclette a noleggio e tirò fuori la carta di credito.

«Che cosa stai facendo?» gli chiesi.

«Hai perso la lezione di spinning. Ho pensato di fare un giro lungo la riva del lago.»

«Oh, no. Non possiamo! Non vado su strada» dissi subito.

Alzò un sopracciglio mentre completava la transazione per la prima bici. «Non capisco.»

«Intendo che pedalare fuori, dove ci sono persone e leggi da seguire, è completamente diverso. Pericoloso.»

Abbassò il sellino della bici che aveva sbloccato e accese il faro. «Ti tengo al sicuro io» promise, come se il pericolo potesse venire da qualcuno pronto ad attaccarci, e non da me che mi lanciavo contro un palo o cadevo di testa.

Spinse la bici verso di me, e io a malincuore la presi. «Non posso andare in bicicletta al buio!» protestai.

«Certo che puoi. Fidati di me, *zajka*. Ci divertiremo.»

Finì di sbloccare la seconda bici e ci salì. «Dai, andiamo piano.» Accese il faro.

«Non abbiamo i caschi!»

«Chelle.» Pronunciò il mio nome con tale tranquillità che riuscì a calmarmi e a catturare la mia attenzione. Sostenne il mio sguardo. «Ci divertiremo.»

Non avevo altra scelta che credergli. Montai in bici e iniziai a pedalare, controllando l'oscillazione sotto di me.

Lui mi superò con un ampio sorriso sul suo viso. «Stammi dietro, Lentiggini» gridò girando la testa.

«Oh, vedrai» risposi, spingendo forte sui pedali per recuperare. La risatina di Nikolaj fu portata a me dal vento, e io mi spinsi accanto a lui.

Mi condusse al marciapiede che costeggiava la riva del lago. Durante il giorno di solito era pieno di gente, ma a quell'ora della notte non c'era nessuno. Avevamo l'intera pista per noi. Le nuvole si separarono, rivelando una luna bianca brillante che creava un lungo e continuo riflesso sull'acqua.

Mentre la paura di andare contro qualcuno o cadere nel buio sfumava via, la perfezione del tutto mi filtrò dentro. Il vento sul viso e tra i capelli. Le risate di Nikolaj. La sensazione di velocità, la bellezza del lago.

Il mio corpo si accese. Non c'era niente di sessuale nella cosa, ma il piacere fisico mi sovrastò lo stesso.

Mi strofinai sul sellino come se fosse un vibratore, intensificando quelle sensazioni.

«Avevi ragione» gridai a Nikolaj, ridendo.

Mi lanciò un sorriso. «Ti stai divertendo?»

«Tantissimo.»

Era vero. Non riuscivo a pensare all'ultima volta in cui mi ero sentita così libera. Così gioiosa. Non mi lasciavo mai andare. Dovevo controllare ogni aspetto della mia vita, fino al punto di stabilire quando e come fare sesso con Nikolaj.

Ma quel giro in bicicletta… era libertà. Libertà dalla costrizione. Dalla mia mente pazza che cercava di far funzionare tutto perfettamente e in modo ben organizzato, cosa che non mi riusciva mai. Nikolaj mi stava mostrando qualcosa di molto più grande di un giro in bicicletta lungo il lago. Qualcosa che riguardava la vita. L'amore.

Aspetta, no. No, no, no.

Non ero innamorata. Non potevo innamorarmi.

Eppure, anche se la mia mente protestava, il mio corpo navigava libero.

Esaltato dalle sensazioni di quel felice giro in bicicletta. In collaborazione con l'uomo che pedalava accanto a me.

Verso di lui provai un'immensa gratitudine perché mi aveva portata lì. Perché mi aveva mostrato tutto questo. Facendomi uscire dalla sicurezza dei miei controlli e limiti.

Mi abbassai di nuovo sul sellino, permettendomi di essere completamente libera.

Masturbandomi su un sellino al chiaro di luna.

Venni. Non fu un grande orgasmo. Fu più una piccola increspatura, ma lo percepii come un successo. Mi ero lasciata andare e non era successo nulla di terribile.

Anzi: c'era stata una ricompensa.

CAPITOLO QUINDICI

Nikolaj

Dopo il sesso mattutino e il brunch domenicale con champagne di Chelle, mi sentivo un re.

No, più rinato.

Negli ultimi quattro anni, la cellula bratva era stata il mio intero mondo. Ravil era il dittatore più benevolo: onniveggente, generoso, inclusivo. Vivere tutti insieme all'ultimo piano di quell'edificio era stato tutto per me.

Quando le cose erano cambiate, avevo perso la strada. La mia identità. Un motivo per cui vivere.

Ora, con quell'appartamento e Chelle che vi girava nuda eseguendo i miei ordini, avevo la sensazione che la mia vita fosse ripartita.

«Vieni qui, Lentiggini.»

Scostai e girai uno degli sgabelli posizionati intorno al bancone della colazione.

«Siediti qui.» Lo toccai.

Si avvicinò, i capezzoli dritti e sodi.

Le strinsi la vita e la sollevai sullo sgabello.

«Brava.»

Il suo sguardo era sia interessato che diffidente. Si fidava di me, però. Sempre di più. E io, cazzo, amavo come mi faceva sentire averne la fiducia.

Ero smarrito prima del suo arrivo lì.

Vuoto. Mi sentivo privo di un vero scopo nella vita. Ora l'avevo trovato. Eccitare Chelle. Guadagnarne la fiducia. Guardarla sbocciare come il fiore più esotico e delicato del mondo. Presi una corda lunga e gliela avvolsi intorno ai polpacci, legandoli alle gambe dello sgabello, così che le sue ginocchia fossero aperte, il dolce cuore rosa del suo sesso esposto davanti a me. Si dimenò sul sedile. Colsi il suo sguardo.

«Eccitata?»

Annuì.

«Peccato, perché oggi ti farò aspettare. Non disobbedirmi venendo senza permesso questa volta, o ci saranno gravi conseguenze.»

«Non credo proprio di riuscire a trattenermi» si lamentò.

«Mettimi pure alla prova, allora» la sfidai, e le guardai la gola ondeggiare mentre deglutiva. Aveva un bell'aspetto, i capelli castani le ricadevano sulle spalle, il viso arrossato, le belle labbra aperte.

La sua lingua sfrecciò fuori per leccarle, e dovetti sistemarmi il pacco.

Le avvolsi la corda intorno alle costole e alla vita, legandola allo schienale del sedile ma lasciandole i seni liberi per permettermi di giocarci. «Dammi i polsi» le ordinai da dietro.

Esitò, poi spostò le braccia indietro per farmele afferrare.

Girai davanti a lei e osservai il mio lavoro.

Era fottutamente letale.

Insomma, era così bollente che l'appartamento rischiava di andare a fuoco.

Tirai fuori il telefono per scattare una foto, e lei andò fuori di testa.

«Limite invalicabile!» urlò immediatamente, strattonando i legacci.

«Niente foto. Dico davvero, Nikolaj.»

«Va bene, Lentiggini.» Lanciai il telefono sul bancone, per calmarla. «Non le farei mai vedere a nessuno. È questo che temi?»

«Limite invalicabile» fu tutto ciò che riuscì dire, ma l'intensità della sua reazione mi fece pensare che ci fosse sotto dell'altro.

«Mmm.» Andai verso di lei e le misi una nocca sotto il mento per sollevarlo. «Che cosa è successo?» Si dimenò ancora contro i legacci, e le feci scivolare la mano sotto i capelli per coprirle la nuca.

«Tranquilla, Lentiggini. Non voglio che ti si irriti la pelle.» La guardai, massaggiandole il collo e aspettando che il suo respiro si calmasse. «Ovviamente sei alla mia mercé.» Presi la bottiglia di olio di menta piperita comprato per l'occasione e ne tamponai un po' su ciascuno dei capezzoli, poi lo massaggiai per farlo assorbire.

Sbatté le palpebre, poi risucchiò il labbro inferiore tra i denti con un sibilo quando iniziò a sentire il bruciore.

«Ti ho fatto una domanda.» Mantenni il tono vago e colloquiale, girandole intorno senza allontanare le dita dal suo corpo.

Si dimenò sullo sgabello.

«C'è una storia dietro alla questione delle foto, ne sono sicuro.»

Le sobbalzò la pancia e inspirò profondamente. «Come fai a saperlo?»

Sorrisi. «Non rispondere a una domanda con una domanda, *zajka*.»

Le pizzicai uno dei capezzoli e lo tenni stretto tra le dita fino a quando non ansimò. Lo lasciai. «Parlami. Voglio sapere cos'è successo.»

«Rob Sharke» ansimò.

Mi misi di fronte a lei e feci scivolare le mani su e giù per le sue cosce, stringendole di tanto in tanto. «Ha condiviso le tue foto?»

Annuì. «Era il mio ragazzo del liceo. Beh, pensavo che fosse il mio ragazzo. Stava solo cercando di portarmi a letto, un playboy totale. Mi portò al ballo di fine anno. Feci sesso con lui.» Si strinse nelle spalle. «Mi lasciò la settimana successiva.»

Ecco perché odiava i playboy. Che fastidio che mi avesse paragonato a un tale stronzo, ma capivo. Per quello aveva bisogno di circoscrivere il sesso a un contratto e a una scadenza.

Aveva paura di concederlo liberamente perché in passato le era stato estorto in malafede.

Sentii la scintilla della vendetta accendersi nel mio intestino. Il bisogno di far soffrire quello stronzo per lei. «E le foto?» C'era un tono pericoloso nella mia voce.

Annuì. «Ecco il punto. L'estate successiva scoprii che tutti i ragazzi del liceo le avevano viste. Almeno mi ero già diplomata, ma non mi sono mai sentita così violata.»

Mi raddrizzai. «Dimmi dove si trova e gli spezzò entrambe le braccia.»

Si lasciò andare a una risata incredula.

«Sei pazzo.»

«Sono assolutamente in me. E sono anche molto pericoloso, quando sono veramente arrabbiato. Dammi un nome e pagherà per quello che ti ha fatto.»

Scosse la testa. «È sbagliato, Nikolaj.» Anche se parlava

così, vedevo che le piaceva. Aveva ancora un accenno di sorriso agli angoli della bocca e il corpo era tornato rilassato.

«L'offerta resta valida.» Tornai a occuparmi dei suoi capezzoli.

Poi presi il piccolo vibratore che avevo comprato e lo feci scivolare tra le sue gambe. Mi mossi lentamente, così che guardasse e si contorcesse nell'attesa.

Glielo infilai tra le pieghe inferiori, a filo contro il clitoride, e gemette.

«Ti piace, coniglietto?»

Gemette più forte. Le tenni appena la gola, facendo scorrere il pollice nella parte anteriore. «Rispondi alla domanda, *zajka*.»

«Sì.»

«Bene.» La lasciai in quella posizione e mi spostai dietro di lei, fuori dal suo campo visivo.

«Nikolaj?»

Non risposi.

«Aspetta… cosa stai facendo?» Nella voce risuonava un filo di panico.

«Ti lascio cuocere a fuoco lento» risposi. «Ricorda che non hai il permesso di venire.»

«Oh mio Dio» gemette. «Ma è pazzesco. Non puoi farmi questo. Nikolaj?»

«Fai la brava» le intimai. Andai a lavarmi le mani con il sapone per assicurarmi che l'olio di menta piperita fosse sparito prima di passare alla fase successiva del programma.

Avevo messo la sua canzone preferita, *Low*, o almeno quella su cui aveva ballato nella sua cucina, perché ora era diventata la mia preferita.

Quando le andai davanti si trovava in uno stato di semi-trance, la testa ciondolava, gli occhi dilatati. Faceva roteare lentamente i fianchi avanti e indietro sul vibratore, con l'aria della più bella delizia per gli occhi che avessi mai visto.

«*Bljad'*, Chelle.» Diedi al cazzo una stretta dura dai jeans. «Non vedo l'ora di scoparti.»

Si raddrizzò. «Allora scopami.» La voce aveva un tono supplichevole. Si dimenò contro le corde. «Ti prego, Nikolaj.»

Mi convinse. Mi spostai dietro di lei e cominciai a slacciarle i polsi.

«Stavolta non ho intenzione di scopare quella tua figa stretta» la avvertii.

«Oh Dio» mormorò.

Le afferrai la gola da dietro e portai le labbra al suo orecchio. «Sei pronta a farti scopare il culo da me?»

Piagnucolò.

«Io penso di sì.»

Smisi di slegarla. «O hai bisogno di più tempo con il vibratore?»

«No» disse rapidamente, poi fece marcia indietro. «Insomma, non lo so...»

Risi. «Ti è piaciuto ieri sera quando ti ho scopato con il plug.»

«Sei *davvero volgare*» disse, come offesa, a parte che sentivo leggerezza nella sua voce.

«A te piace che sia volgare» risposi. Le slegai le mani e passai al busto. Le corde erano divertenti e lei appariva bellissima, ma ora non riuscivo a toglierle abbastanza velocemente.

«La prossima volta ti lego in una posizione in cui posso scoparti» mormorai, e lei rise. La liberai completamente, ma la tenni in posizione quando provò a scendere dallo sgabello.

«Ah-ah.» Spinsi il vibratore dentro di lei, ancora acceso, poi me la caricai in spalla.

«Oh mio Dio, Nikolaj!» ridacchiò mentre la portavo in camera da letto. Le diedi uno schiaffo prima di lasciarla cadere in mezzo al letto.

«Su ginocchia e gomiti, *zajka*» le ordinai. Si rotolò e si mise in posizione.

Imprecai in russo, perché era super sexy. Il vibratore le ronzava tra le gambe, facendole perdere i succhi dalla figa. Afferrai il lubrificante e ne applicai una quantità generosa al suo ano e poi al cazzo.

Stavolta non oppose resistenza. Lagnandosi dolcemente, spinse indietro per accogliermi, e io mi spinsi in avanti. Emise un grido sfrenato: in parte dolore, in parte piacere mentre la cappella passava attraverso lo stretto anello dei muscoli.

«Nikolaj» singhiozzò.

Procedetti lentamente, riempiendola centimetro per centimetro fino a quando il cazzo non fu completamente dentro.

Aspettai, guardandola mentre si muoveva all'indietro ansimando. Quando si abbassò un po', iniziai a pompare lentamente. Emetteva un grido a ogni movimento, ma nel tono percepivo soddisfazione. Alzava la voce a ogni urlo, strillando di tanto in tanto il mio nome.

«Puoi toccarti, *zajka*.»

«Oooooh» gemette mentre si allungava tra le gambe per strofinarsi il clitoride. «Nikolaj, posso venire per favore?»

Imprecai di nuovo in russo, le palle si strinsero. Che dolce che era, cazzo. *«Da»* grugnii. «Vieni, coniglietto.»

Le strinsi i fianchi e pompai più velocemente, facendo attenzione a non essere troppo brutale. I suoi gemiti e le grida mi mandarono oltre il limite, e spinsi più forte e più velocemente, con le luci che mi ballavano davanti agli occhi.

«Vieni, Chelle» gracchiai appena prima di sfrecciare verso il traguardo. Strinsi troppo forte i lati del suo culo, dandole brevi spinte mentre venivo e venivo come se non dovessi fermarmi mai. Quando finii, mi portai sotto ai suoi fianchi per aiutarla. «Sei venuta?» chiesi con voce rauca, strofinandole il clitoride.

Lei gridò, e tutto il suo pavimento pelvico si strinse e si tirò su, stringendo il mio cazzo più di quanto avrei pensato possibile. Gemette e gemette ancora mentre l'orgasmo la attraversava, e io strofinai per tutto il tempo. Non appena si fermò, mi tirai fuori lentamente.

«Nikolaj» ansimò. Adoravo sentire il mio nome pronunciato da quella voce rotta e roca. «Oh mio Dio.»

Le baciai la spalla ed estrassi il vibratore. Crollò sul letto come se le avessi sciolto le ossa. Mi lavai in bagno e portai un asciugamano per pulirla.

«Mmm» si lagnò dolcemente.

«Ne vale la pena» mormorai tra me e me.

Si rotolò mettendosi sulla schiena, i piccoli seni si separarono, i capezzoli ancora rigidi. «Di cosa?»

«Di te.»

Il suo sguardo incontrò il mio, ma non sembrava più il mio piccolo petardo. Sembrava vulnerabile, come se volesse credermi ma temesse ci fosse un trucco.

Le presi il seno e mi sporsi per darle un bacio lento e a bocca aperta. Volevo dirle che poteva fidarsi di me. Che non ci saremmo lasciati ora che avevamo fatto sesso, ma mi resi conto che era irrilevante. Non potevo guarire le sue ferite se non lo voleva lei. E Chelle non avrebbe mai accettato quello che ero.

Chi ero.

CAPITOLO SEDICI

Nikolaj

A metà settimana, ricevetti una chiamata dal ragazzo di nome Viper. Ero al piano di sopra nell'attico, e nel momento in cui risposi feci segno a Saša di silenziare la televisione indicando il telefono. Maksim e Ravil si avvicinarono, e misi il vivavoce.

«Ho sentito dire che sei a caccia di figa.»

«Esatto. Come acquisto, non in affitto» risposi.

«Per chi lavori?»

«Il mio capo è il leader della bratva di Chicago» gli dissi. «Le tue ragazze sono russe?»

«Sì. Il che è un problema, dal momento che nessuno di noi parla russo.»

Le narici mi si infiammarono mentre incrociavo lo sguardo freddo di Ravil.

«Il mio capo ha le sue risorse.» Significava che potevamo permetterci di comprare le donne.

«Mi accorderò con lui direttamente.»

«È qui.» Consegnai il telefono a Ravil.

«Ravil Baranov. Con chi parlo?»

«Puoi chiamarmi Viper. Quante ragazze vuoi?»

Ravil ci lanciò uno sguardo cupo. «Quante ne hai?»

«Quattordici.»

«A quanto?»

«Duemila al pezzo.»

Un suono soffocante accanto a me mi ricordò che Saša era nella stanza. Aveva una mano sulla bocca e i suoi occhi grandi ed espressivi erano pieni di lacrime. Maksim allungò la mano e le strinse la spalla.

«Ti do venticinquemila per tutto il lotto.»

Un suono di scherno scioccato sfuggì da sotto la mano di Saša.

«Va bene. Hai già i soldi?»

«Sì.»

«Stasera. Undici e trenta. Alle undici ti mando l'indirizzo.»

Agganciò senza salutare.

«Che cazzo.» Saša piangeva. «Sto per vomitare.»

«Non avresti dovuto sentirlo.» Maksim lanciò un'occhiataccia nella mia direzione.

«Scusatemi. Non avrei dovuto rispondere qui.»

«No che non avresti dovuto» concordò Ravil. «I tempi sono cambiati. Nell'attico ci sono donne e bambini. D'ora in poi non si tratta nessun affare da nessuna parte se non nel mio ufficio.»

«Capito» concordai.

«Non sei... le libererai, vero?» chiese Saša.

«Certo» disse Maksim. «Stiamo cercando di arrivare alla fonte.» Guardò Ravil.

«Non riesco a credere a quanto poco le vendano.»

«Io sì» disse Ravil tristemente. «La portata globale della tratta di esseri umani ha portato il prezzo a un minimo storico.»

«Sono le stesse persone che hanno preso Nadja?» intuì Saša.

Ravil fece spallucce. «Potrebbe esserci un collegamento.»

«Lo diciamo a Adrian?» chiesi.

Ravil ci pensò un attimo. «Sì. Aggiornalo. Porteremo un po' di gente.» Guardò Maksim. «Metti insieme una squadra.»

Lasciai la mia bella schiava del sesso ben sazia a letto alle dieci e trenta.

«Dove stai andando?» mormorò assonnata. Legai una fondina in più al polpaccio e controllai l'arma, il che la spinse a mettersi seduta col la fronte corrucciata.

«Vai a dormire, Lentiggini. Ho degli affari di cui occuparmi.»

«Che tipo di affari?» Sentii tensione nella sua voce e mi maledissi per non aver aspettato che si fosse completamente addormentata ad alzarmi.

«Non farmi domande sugli affari, Chelle. È una regola.»

Quando il suo broncio si trasformò in uno sguardo torvo, aggiunsi: «È per la tua sicurezza e per la tua protezione.»

Si rannicchiò di nuovo su un fianco per guardarmi con un solco saldamente inciso tra le sopracciglia. Mi sporsi e cercai di baciarlo per allentare la tensione.

«Smetti di pensare tanto a questa cosa; non ti riguarda. Vai a dormire.»

Non rispose, e capii che avevamo appena fatto cinque passi indietro rispetto ai progressi che stavamo intraprendendo verso la sua accettazione di me. Beh, cazzo. Quello era ciò che ero. Non potevo cambiarlo o gestirlo. Sapevo che non poteva resistere a lungo termine, e aspettarsi qualcosa di diverso sarebbe stato delirante.

Incontrai i ragazzi al sesto piano, dove avevamo una sala per i soldati di rango più basso. Eravamo sedici in tutto, e Maksim aveva assegnato un'auto ogni uno o due di noi, con un suv extra per trasportare le donne, presumendo che tutto fosse andato bene. Dima era in videoconferenza con noi e Ravil era lì, ma Maksim non lo avrebbe lasciato venire.

Da quando era nato suo figlio, proteggevamo il nostro *pachan* dalle attività più pericolose.

L'idea che venisse strappato dal suo bambino era troppo pesante per tutti noi, specialmente per la moglie Lucy.

«La missione serve a raccogliere informazioni» disse Maksim con fermezza. «Vi portiamo per protezione e non per attaccare. L'obiettivo è far uscire le donne in sicurezza e scoprire chi c'è dietro l'operazione.»

Lanciò uno sguardo duro a Adrian. «Capito?

Ci fu un coro di sì e *da*, ma la faccia di Adrian rimase di gesso. «Adrian, mi hai sentito? È la nostra occasione di scoprire se dietro tutto questo c'è Poval e dove potrebbe essere. Se facciamo casino, perdiamo il vantaggio.» Maksim alzò le sopracciglia.

Adrian si accigliò.

«Ho bisogno di sentire che hai capito.»

«Capito» disse Adrian con evidente riluttanza. Non lo biasimavo.

Non sarebbe dispiaciuto nemmeno a me uccidere tutti quei fannulloni. Ricevetti il messaggio con l'indirizzo poco dopo le undici e lo lessi ad alta voce. Dima tirò immediatamente fuori la mappa di un magazzino e inviò il pin a tutti i conducenti.

«Andiamo» ordinò Maksim, e uscimmo per prendere l'ascensore per il parcheggio sotterraneo.

Io andai con Oleg, Adrian e Maksim. Guidava Oleg. Al magazzino prendemmo il comando, e il resto dei ragazzi si sparpagliò per coprirci le spalle. Maksim aveva i soldi in una borsa. Fummo accolti alla porta da due con delle mitragliatrici. Permisero solo a me e a Maksim di entrare e insistettero perché lasciassimo le armi in uno scatolone, il che non mi sorprese. Provai a tenermi la Glock alla caviglia, ma il ragazzo che mi perquisì la trovò e la prese.

Io e Maksim rimanemmo calmi, anche se le nostre vite erano a rischio.

All'interno c'era un gruppo di donne legate insieme come ai lavori forzati, circondate da uomini dall'aspetto letale con le mitragliatrici.

Eravamo in un magazzino vuoto. Probabilmente quella sede era solo per la transazione, e non aveva alcun significato per l'organizzazione.

Un muscolo nella mascella di Maksim si flesse.

Gettò la busta con il denaro a terra, di fronte a noi. Rattlesnake si fece avanti per raccoglierla e contare i soldi, poi annuì a un uomo in piedi, facendo un tiro di sigaro. Come Rattlesnake, aveva tatuaggi di serpenti che gli strisciavano sul collo.

«C'è tutto?» chiese.

«Sì. Tutto ok.»

Una delle donne mi guardò. Sembrava malnutrita e spaventata.

«Va tutto bene» mormorai in russo, e lei si bloccò, come se mi avesse capito.

«Sì, immagino che voi ne farete un uso migliore» disse l'uomo che presumevo fosse Viper.

«Il fatto che non ci capiscano è una bella seccatura.»

«Ne hai altre?» chiese Maksim.

Il tizio fece spallucce. «Non da vendere.»

«Da dove vengono?»

«Le ho trovate per caso» disse, poi guardò Rattlesnake. «Apri le catene.»

«Andiamo» dissi in russo alle donne mentre Rattlesnake gli toglieva le catene alla caviglia. «Ora siete al sicuro. Siete libere.»

Le donne fuggirono verso la porta nel momento in cui furono liberate dalle catene, e io e Maksim aspettammo. Avevo le mani strette a pugno e lo stomaco sottosopra per via dell'affare, ma non permisi che nulla mi si palesasse sul viso. Rimanemmo fermi finché tutte le donne non furono libere, poi ce ne andammo recuperando le armi dallo scatolone all'uscita.

Le donne, a piedi nudi e a malapena vestite, si erano disperse; alcune correvano per scappare, altre erano alla ricerca del calore e del riparo delle nostre auto. Adrian e gli altri soldati gridavano loro in russo, promettendo sicurezza e libertà, facendo attenzione a non inseguirle né spaventarle, e alla fine entrarono tutte nelle auto.

«*Cazzo*» disse Maksim quando salimmo sul suv di Oleg.

Adrian non entrò, anche se tutte le altre macchine se n'erano andate.

«Non possiamo entrare, Adrian. Hanno le mitragliatrici» dissi, sapendo cosa stava pensando. «Sali sul suv.»

Però rimase fermo lì.

«Non li stiamo lasciando andare: ci stiamo solo prendendo del tempo. Sali su questa cazzo di macchina» disse Maksim. «È un ordine.» Adrian si girò e avanzò in modo altero con un solco profondo tra le sopracciglia.

Salì e sbatté la portiera con espressione omicida.

«Li distruggeremo» promisi.

«Sì» confermò Maksim. «Ognuno di loro. E quando troveremo Poval, potrai fargliela pagare.»

Adrian poggiò la schiena sul sedile e arricciò il labbro superiore. «Non avrà una morte rapida» giurò con tono cupo.

CAPITOLO DICIASSETTE

Chelle

Feci scorrere i polpastrelli sulla ferita da arma da fuoco a lato dell'addome di Nikolaj, e lui mi afferrò il polso. Eravamo a letto, era mercoledì mattina. Avrei dovuto alzarmi e prepararmi per il lavoro, ma mi aveva lasciato così sazia che non riuscivo a muovermi, né lo volevo. Ero la sua schiava sessuale da una settimana e mezza ormai. In teoria avrei dovuto odiare la cosa. Avrei dovuto odiare tutto ciò che la riguardava. Stavo usando il mio corpo per pagare un debito considerevole alla *mafia*. Nikolaj mi possedeva, letteralmente, e poteva farmi fare praticamente tutto ciò che voleva o l'accordo sarebbe saltato.

Invece mi sembrava la gloriosa realizzazione di una fantasia.

Adoravo che il nostro accordo avesse una data di inizio e di fine. Che le regole fossero molto ben definite. Nikolaj mi dava dei compiti o mi diceva quello che voleva e io obbedivo.

Era come un lavoro, ed ero brava a giudicare dalla costante erezione del mio capo. Certo, era divertente. Le cose che mi chiedeva di fare erano sempre eccitanti. Non mi stava facendo del male né mi faceva fare cose che odiavo. Bastava spingere un po' i miei limiti.

Avevo già provato a chiedere della cicatrice, ma non voleva parlarne. Probabilmente perché riguardava un crimine.

Cosa che mi spaventava di brutto. Non sapevo nemmeno di cosa avevo paura. Che avrebbero potuto sparargli di nuovo? Che avrebbero potuto catturarlo per un crimine che aveva commesso? La possibilità di scoprire che aveva fatto cose che mi avrebbero strappata da quel piccolo mondo fantastico?

«Fa male?»

«No. Ma non mi piace la sensazione.» Il tono di Nikolaj suonò come un avvertimento a non proseguire.

«Quand'è successo? Posso chiedertelo?»

Alla seconda domanda, il volto di Nikolaj si ammorbidì nel suo caratteristico sorriso. «No, non puoi chiederlo. Te l'ho già detto.»

«Perché stavi facendo qualcosa di illegale?» Non riuscivo a evitare di insistere. Era come un incidente d'auto da cui non si può distogliere lo sguardo.

«No, non mi piace che ti spaventi o giudichi.»

Spalancai gli occhi; le sue parole mi colpirono dritto al petto. Mi resi conto che era la prima volta che criticava qualcosa di me, e odiavo il modo in cui mi faceva sentire.

«Quali cose?» La voce mi uscì rauca.

Fece spallucce. «Su quello che faccio. O quello che pensi che io faccia.» Rotolò giù dal letto e si alzò. Di solito era lui a concentrarsi su di me. Non mi ero resa conto di quanto fosse avvincente quell'attenzione fino a quando non l'aveva ritirata.

Mi aveva trattata con indifferenza. Ecco come mi sarei sentita alla fine del nostro mese. Una volta che avesse finito con me. Proprio come Rob Sharke. Ma non era corretto. Apprezzavo che l'accordo avesse una data di scadenza. Sarebbe stato assurdo soffrirne una volta finito tutto. Non avrei mai voluto che la cosa andasse avanti all'infinito.

E prendere sul personale la resistenza di Nikolaj nei miei confronti quando era chiaramente lui la parte lesa era ancora più ridicolo.

Mi alzai dal letto e lo seguii, abbracciandolo da dietro. Mi tenne le mani e si girò verso di me. L'espressione sul suo viso era sorpresa, e per qualche ragione ciò aggiunse peso al mio senso di colpa. Come se non gli avessi dimostrato affetto quando lui non era altro che un gentiluomo con me. Un gentiluomo molto sporco ed esigente, ma sempre premuroso.

«Non stavo cercando di sapere di più su quello che fai. Stavo cercando di saperne di più su di te» provai a spiegare.

Inclinò un sopracciglio

«Non dici molto. Intendo del Nikolaj intimo. Sei sempre misterioso.»

«Giochi a poker, Chelle?»

Mi resi conto che era così che sviava. Facendomi domande e senza mai rispondere alle mie.

«Mio padre lo insegnò a entrambi. Zane è più bravo di me.»

Nikolaj annuì. «Zane è un buon giocatore.»

«Tu giochi?» Mi resi conto di non sapere nulla di come funzionavano le sue giocate. «O fai il banco?»

«No a entrambe le domande. Io guardo.»

«Faciliti.»

«Sì.»

Pensai alla bravura con cui aveva gestito quei pazzi skateboarder dei miei clienti. «Sei bravo.»

Alzò entrambe le sue sopracciglia dalla sorpresa. Posò

le braccia sulle mie e mi tirò dalla vita più vicino a sé. «Come fai a saperlo?»

Adoravo il rombo seducente nella sua voce. «Perché sei il manager perfetto. Gestisci le persone senza che capiscano di essere gestite. Come i miei clienti. E...» Mi resi conto della verità della cosa solo in quel momento. «Me.»

Nikolaj mi diede un bacio sulla testa. «Mmm.»

Aspettai, sperando, per una volta, che dicesse di più di sé.

«A volte penso di non essere bravo a fare nulla. Non ho abilità speciali. A differenza di Dima. Rompo nasi e recupero soldi, e non sono nemmeno quello più bravo. Porto con me Oleg e Adrian a fare il lavoro sporco per me.»

«È questo quello che intendevo. Tu sei il manager. *Tu* sei l'abilità speciale. Quello che sei.»

Nikolaj mi scrutò il viso come se ci fosse scritta sopra una qualche risposta.

«Potresti fare qualsiasi cosa e avere successo. Sei un facilitatore naturale.» Fui sicura delle mie parole nel momento in cui mi uscirono di bocca. Mi aveva innervosita l'idea di portarlo con me a quella cena, ma aveva brillato. Ora che lo conoscevo, ero quasi certa che lo avrei voluto al mio fianco per la maggior parte delle attività.

Nikolaj mi cullò il viso nella mano e si chinò per sfiorarmi le labbra. «Sei dolce, Chelle Goldberg.»

«Non sono dolce, ti sto dicendo la mia onesta opinione.»

«Beh, quell'opinione onesta ti ha appena fatto guadagnare una visita al Red Room stasera. Accompagnata da me, ovviamente.»

Lo baciai forte. «Sei il migliore. Prometto che non lascerò che nessun ragazzo mi offra da bere.»

«Non lo lascerei accadere io, coniglietto. Li ucciderei prima.»

Gli lanciai un'occhiata per vedere se stesse scherzando. Gli occhi gli brillavano, quindi pensai di sì, ma si trattava pur sempre di uno con l'intestino perforato da un proiettile, quindi non potevo esserne del tutto sicura.

Mi girò verso il bagno e mi schiaffeggiò il culo. «Meglio che ti muovi, o arriverai al lavoro in ritardo, signorina junior publicist.»

Risi e mi precipitai nella doccia, amando il fatto che stare lì con Nikolaj fosse tanto magico quanto facile. Ero allo stesso tempo a mio agio ed eccitata da lui in ogni momento. *Sembra amore*, canticchiò una vocina nella mia testa.

Ma non poteva essere giusto.

Non potevo innamorarmi di Nikolaj.

Non era il caso di tenersi stretti ragazzi con fori di proiettile.

Anche se facevano cantare il cuore.

Nikolaj

Adorai portare Chelle al Red Room. Non eravamo mai stati fuori insieme, a eccezione delle gite in bicicletta in riva al lago o della spesa, e mi piaceva il pensiero di viziarla. O forse mi piaceva solo l'idea di adattarmi alla sua vita. Per quanto strana fosse stata la cena con gli Skate 32, mi era piaciuto vedere uno scorcio della sua vita. Come pensava quando lavorava. Ora potevo vedere com'era quando si divertiva.

«Beh, ciao» ci salutò la sua amica Shanna quando arrivammo, facendo scorrere un tovagliolo da cocktail sul bancone di fronte a ciascuno di noi.

«Nikolaj, lei è Shanna. Penso che vi siate già conosciuti l'altra volta.»

«Sì.» Tesi la mano per stringerle la sua.

«Era arrabbiato con me perché cercavo di aiutarti a scopare. Ma sembra che alla fine tutto abbia funzionato, giusto?» Strizzò l'occhio a Chelle, che arrossì di una bella tonalità di rosa.

«Non immischiarti nella mia vita sessuale se non vuoi che io mi intrometta nella tua.» Chelle lanciò uno sguardo all'altro barista, un ragazzo tatuato sulla trentina che sembrava fare l'inventario all'altra estremità del bar.

«Smettila» disse immediatamente Shanna.

Trascinai lo sgabello di Chelle più vicino al mio fianco e le posai un braccio dietro la schiena.

«Cosa bevi? Un Martini dry?»

Sbatté le palpebre, sorpresa. «Sei davvero un tipo attento, non è vero?»

«Per lei il solito. Tu cosa vuoi?» chiese Shanna.

«Una Grey Goose.»

«Oh dai, ma che stereotipo russo. Bevi davvero vodka liscia?» Mi guardò incredula, poi fece spallucce.

«Va bene.»

«Posso prendere una birra, se ti fa sentire meglio.»

«No. No. In realtà mi piace.» Shanna versò e servì i drink senza nemmeno guardare quello che stava facendo, chiaramente a suo agio dietro al banco. Ce li mise davanti.

«Allora, perché sei qui? Pensavo che saresti stato a casa, sai, a far valere i tuoi soldi.»

Alzai le sopracciglia mentre Chelle arrossiva di nuovo. La

guardai, divertito. «Gliel'hai detto?»

«Scusa. Non potevo? Dovevo dirlo a qualcuno…»

«Io non spettegolo, ma penso che fra donne sia diverso.»

«Sì. Noi spettegoliamo in continuazione delle nostre

conquiste» disse Shanna ad alta voce proprio mentre l'altro barista le passava dietro.

Si fermò. «Chi hai conquistato?»

«Non io, lei.» Shanna agitò il pollice verso Chelle, ma si girò per posizionarsi completamente davanti al tipo con un sorriso civettuolo sul viso.

Lui la fissò per un attimo, poi sembrò scuotersi e guardò verso di noi.

«Ehi, Chelle.»

«Ciao, Derek. Lui è Nikolaj, il mio, ehm...»

«Il tuo pettegolezzo?» chiese Derek appoggiandosi al bancone per stringermi la mano. «Piacere di conoscerti.»

«Piacere mio.»

«Derek è il proprietario» spiegò Chelle. A lui disse: «Ehi, Derek, un'amica di Nikolaj ha una band che penso dovresti sentire. Sono fantastici. Si chiamano Storytellers. Suonano al Rue's Lounge ogni giovedì. Penso che dovresti farli venire qui.»

Mi si strinse la gola. Probabilmente non avrei dovuto vederci chissà cosa, ma l'interesse di Chelle per i miei amici mi fece sentire come se facesse parte della mia vita. Come se fosse la mia ragazza, e non solo la mia prigioniera e dea del sesso.

«Solo se ti occupi tu della pubblicità» rilanciò Derek.

«Affare fatto» rispose.

«Davvero? Bene. Fammi chiamare domenica o lunedì così li inserisco nella programmazione.»

«Ottimo.»

Chelle era raggiante, e io le strinsi la spalla.

Quando Derek se ne fu andato, disse: «Non so nemmeno se gli piacerebbe suonare qui, ma ho pensato che sarebbe stato divertente.» Fece spallucce.

«Sono sicuro che ne saranno entusiasti. Sono sempre alla ricerca di posti dove tenere concerti.»

«Penso che il lancio del video degli Skate 32 possa essere la loro grande occasione. Hanno un enorme seguito. Potrebbero finire a suonare fuori Chicago, sai?»

«Forse dovrebbero assumerti come loro pubblicitaria.» Sorrisi.

«Probabilmente non potrebbero permettersi l'Image First, ma sarei felice di dare una mano pro bono, per ora.»

«Non lo sai cosa possono permettersi. Oleg ha dei soldi e Story è la sua ragione di vita.»

Il viso di Chelle si addolcì e assunse un'espressione sognante, e non riuscii a trattenermi dal chinarmi in avanti per baciarla. Quando mi allontanai aveva gli occhi chiusi con le ciglia scure posate sulle guance lentigginose.

Le rubai un altro bacio. «Sei bellissima» mormorai.

Sbatté le palpebre, come sorpresa. Come se nessuno glielo avesse mai detto prima.

Avrei voluto prometterle tutto. Che avrei continuato a dirle che era bella ogni giorno fino a quando non avesse imparato ad aspettarselo. Che sarei stato il suo uomo.

Ma lei non voleva un uomo. O almeno, non un uomo come me.

CAPITOLO DICIOTTO

Mi sedetti nella Tesla di fronte alla classe di spinning di Chelle. Era stata un angelo perfetto per le due settimane e mezzo in cui l'avevo posseduta. Avevo usato e abusato del suo corpo in tutti i modi sporchi che mi erano venuti in mente, e più lo facevo più si ammorbidiva. Così, quando quella mattina a colazione mi aveva chiesto se poteva andare a spinning, avevo pensato che solo un *mudak* le avrebbe detto di no.

Ma non volevo lasciare il guinzaglio troppo a lungo, quindi ero venuta a prenderla. Magari per portala fuori a cena. Aveva cucinato per me tutta la settimana. Non sempre pasti lussuosi come quello della prima notte e i brunch domenicali, ma le piaceva stare in cucina, anche se si trattava solo di mettere insieme un'insalata o di cuocere biscotti al burro di arachidi e gocce di cioccolato.

Adoravo averla nella mia cucina. Nel mio appartamento. Era chiaro che non erano stati i mobili a essere sbagliati. Semplicemente mancava Chelle. Anche se aveva ragione lei: il nuovo set da pranzo in vetro che aveva trovato era una delizia, accanto ai finestroni.

Chelle uscì dall'edificio e si guardò intorno. Uscii da dove ero parcheggiato, in divieto di sosta, per andarla a prendere proprio di fronte all'ingresso.

Scivolò sul sedile del passeggero con un ampio sorriso.

«Scusa. Aspetti da tanto?»

«No» mentii. Ero venuto a presidiare il posto come uno stalker quasi nel momento in cui era iniziata la lezione.

«Possiamo fermarci a casa mia a recuperare due cose?»

«Certo.» Cambiai corsia per andare nella giusta direzione.

«Ti va di mangiare fuori?»

Squadrò dall'alto in basso la sua mise da palestra, che avevo dimenticato di prendere in considerazione quando avevo pianificato la serata.

«Ehm, sì. Se posso fare una doccia veloce e cambiarmi a casa mia.»

«Si può fare.»

Mi guardò. «Com'è andata la giornata?»

Feci spallucce. Non avevo intenzione di dirle che ero stato contattato dal gruppo di Rattlesnake e che avevo organizzato un incontro con il capo per ottenere informazioni sulla tratta di schiave sessuali.

«Niente di che. E a te?»

«È andata bene. Credo che gli skater stiano effettivamente andando procedendo con gli Storyteller per usarne la musica nei loro video. Farò alcuni eventi al riguardo, come una chat video dal vivo con la band e gli skater in cui si parli della collaborazione. Devo mettermi in contatto con Story per ottenere tutte le loro informazioni. Pensavo che potresti metterci in contatto tu, magari.»

«Certo» dissi. «Vive al piano di sopra.»

Non avevo ancora portato Chelle nell'attico. Non era

una di noi, e non era nemmeno la mia ragazza. Era solo una che mi stavo scopando per un mese. Una che se ne sarebbe andata di lì a tredici giorni. Fatto che mi faceva venire voglia di strappare il volante e buttarlo fuori dal finestrino.

Non avrei dovuto portarla al piano di sopra. Non potevo farle vedere nulla della bratva, incluso il modo in cui vivevamo o la disposizione delle cose. Avevamo imparato nel modo più duro, con la fidanzata di Dima, Natasha, che l'FBI usava chiunque per carpire informazioni su di noi. Inoltre, non volevo che i ragazzi sapessero dell'accordo che avevo fatto con lei. Dima l'aveva già capito quando avevamo parlato, in settimana, ma se fossi riuscito a impedire al resto di saperlo, così avrei fatto.

«Mi farò dare il suo numero» dissi a Chelle. Non ce l'avevo nemmeno, perché non mandavamo messaggi alle fidanzate altrui, specialmente dato che vivevamo nella stessa suite. Avrei potuto scrivere a Oleg per farmelo dare, però.

Arrivammo a casa sua e salii con lei. Nel momento in cui arrivammo davanti alla porta, capii che c'era qualcosa che non andava. La cornice sembrava incrinata.

Le afferrai il polso mentre lei allungava la mano per aprire, e la tirai dietro il mio corpo. Spinsi la porta con la punta dei piedi e la guardai oscillare, le serrature rotte. Chiesi a Chelle di rimanere nel corridoio e strisciai avanti, recuperando la Glock che avevo nella parte posteriore della vita.

L'appartamento era distrutto. Il televisore non c'era più. I cassetti della cucina erano tutti aperti, come se fossero stati perquisiti.

Andai avanti, in attento ascolto di qualsiasi suono. Anche la camera da letto era stata rovistata: i cassetti del comò estratti e rovesciati, cose sparse ovunque. Controllai a fondo l'appartamento prima di tornare nel corridoio, dove trovai Chelle pallida e tremante. Guardava la pistola che avevo in mano con sguardo inebetito.

Dannazione.

«Sembra furto con scasso. Ti hanno preso il televisore e hanno rovistato in tutte le tue cose. Probabilmente a caccia di gioielli o contanti. Ormai se ne sono andati.»

«Oh Dio. Cosa dovremmo fare?»

«Prima chiama tuo fratello.»

Sbatté le palpebre.

«P-perché?»

Le presi il telefono dalle dita fredde, cercai il numero di Zane e premetti il tasto di chiamata. Glielo passai. «Scopri se sa qualcosa.»

Gli occhi dorati le si dilatarono ancora di più ed espirò in un piccolo singhiozzo.

Zane rispose, cosa che non mi sarei aspettato.

«Chelle?» Suonava allarmato. Non mi piaceva.

«Zane? Mi hanno distrutto casa. Mi hanno rubato la tv e non so cos'altro.»

«Cazzo! Dove sei adesso? Sei lì? Nikolaj è con te?»

Le presi il telefono di mano attraversato dentro da una rabbia incandescente. «Cos'hai fatto, Zane?» scattai.

«Nikolaj.» Zane sembrava senza fiato. «Porta via di lì mia sorella, ok? Tienila al sicuro.»

«Che cazzo sta succedendo?» ringhiai. Avevo seriamente intenzione di ucciderlo per aver fatto questo a Chelle.

«Avevo, ehm, un giro di spaccio in corso, ma quella merda mi è stata rubata. Ora ho guai con lo spacciatore per il costo della merce.»

«Un giro di spaccio con chi?»

Guardai Chelle articolare con le labbra la parola *chi*

mentre i suoi occhi fissavano dritto davanti a sé, come scioccata e spaventata.

«Non è un tuo problema.»

«Lo hai fatto diventare un mio fottuto problema quando sono venuti a cercare Chelle» ringhiai.

«Sei tu che sei venuto a cercare Chelle!» tuonò Zane in risposta. «Hai preso mia sorella. Io sto cercando di ricomprarla, pazzo russo del cazzo. Quindi portala via di lì e ti farò avere i tuoi dannati soldi!»

Agganciò prima che potessi farlo a pezzi di nuovo, e mi tenni il telefono contro il petto in modo da proteggere in qualche modo Chelle da ciò che aveva appena sentito. *Bljad'.*

Zane aveva ragione. Avevo preso sua sorella. Avevo innescato io tutto quanto portandola dentro alla questione. E anche se si trattava di un accordo completamente consensuale da parte sua, avevo velatamente minacciato di farle del male fin dall'inizio, quindi secondo Zane il peggiore ero io.

Cazzo, cazzo, cazzo.

Il mento di Chelle prese a tremare e tirai il suo corpo snello contro il mio.

«Va tutto bene. Andrà tutto bene. Mi occupo io della casa. Ti porto via.»

«Non dovremmo chiamare la polizia?»

«No. Ti ricomprerò le tue cose, ok? Non preoccuparti di niente.»

Chiusi la porta come meglio riuscii, ruotai Chelle e la spinsi in fondo al pianerottolo, ancora appoggiata ben salda al mio fianco.

«Hai intenzione di spiegarmi cosa sta succedendo?» Le tremava la voce, cosa che mi uccise.

«Zane sta cercando di salvarti da me, e qualsiasi cosa abbia fatto gli si è ritorta contro.»

«È in pericolo?» Nelle sue parole risuonò allarme.

«Ah... probabilmente sì.» Non era giusto mentirle. «Ma sei più in pericolo tu.»

Sapevo come funzionava quella merda. Di solito ero io quello che scuoteva le persone per ottenere soldi.

Avrebbero lasciato Zane libero e avrebbero tenuto in ostaggio la sorella per ottenere il pagamento. La spinsi giù per le scale, con la mano sulla pistola nella cintura nel caso in cui ci fossimo imbattuti in qualcuno.

«Aiuterò Zane quando saprò che sei al sicuro» le promisi a malincuore.

Quel coglione non meritava di essere salvato, ma non sopportavo che Chelle si agitasse per la sua sicurezza. Inoltre, il pericolo per lei non sarebbe finito fino a quando il problema di Zane non fosse stato risolto.

La feci salire in macchina e partii, passando da zero a cento in meno di quattro secondi: il vantaggio che preferivo in una Tesla.

«Scusa, Chelle» dissi. Non avrei voluto scusarmi. Avrei voluto dare la colpa di tutto a Zane, ma aveva ragione lui. Avevo avuto un ruolo in quella merda.

Sentii il suo sguardo dagli occhi dorati puntato sul lato del mio viso, ma non la guardai perché stavo facendo lo slalom tra le auto per tornare di corsa al Cremlino, dove Chelle sarebbe stata al sicuro.

«Di cosa ti scusi?» La sua voce era un sussurro rauco, come se fosse terrorizzata di sentire la risposta.

«Di averti coinvolta» dissi. «Non ti avrei mai fatto del male, *zajka*. Non faccio del male agli innocenti. Ma ho fatto pensare a Zane di sì. E lui ha agito per la disperazione per salvarti da me.»

Emise un rumoroso sospiro. «Cos'ha fatto?»

Il tono rotto della sua voce mi uccise. «Non lo so.» Digrignai i denti. «Lo scoprirò e me ne occuperò io. Vi proteggerò entrambi.» Chelle inspirò faticosamente e poi emise un lamento, come evitando di evitare di piangere. «Scusa» ripetei, perché sentire la sua angoscia mi faceva venir voglia di dar fuoco all'intera città. Quando arrivammo a casa, lei si infilò sotto la doccia e io provai a chiamare Zane, ma il piccolo stronzo non rispose.

Chiamai uno dei nostri soldati e gli chiesi di andare a casa di Chelle a sistemare la porta. «Portati qualcuno come scorta» lo avvertii.

Chelle rimase sotto la doccia così a lungo che pensavo si fosse ormai trasformata in uva passa. Entrai in bagno e aprii la porta a vetri dell'enorme cabina doccia.

Era rannicchiata sotto l'acqua, con la spalla appoggiata al muro di piastrelle. Non stava piangendo, ma sembrava smarrita.

«*Zajka*» mormorai, e mi spogliai per raggiungerla.

In passato me l'ero scopata, in quella doccia. L'avevo presa in modo brutale contro a quelle mura. Ma stavolta era diverso. Stavolta la tenni in braccio. La tenni in braccio e le baciai la testa. E dopo un po', la spostai sotto il getto e le lavai i capelli.

«Nikolaj» Si lamentò come quando facevamo sesso, solo che adesso sembrava più rotta. Smarrita.

«VA TUTTO BENE, Lentiggini. Andrà tutto bene.»

«Davvero?» Si girò e mi scrutò il viso, e capii che non chiedeva solo di Zane. Chiedeva di noi, solo che non sapevo quale fosse la domanda, quindi non sapevo come rispondere.

Voleva che fossimo qualcosa di più? Sarebbe potuta stare con un uomo come me? O stava dicendo che non poteva più farlo? Avevo visto come fissava la pistola che avevo in mano, come terrorizzata. Come se l'arma fosse stata un serpente che avrebbe potuta morderla, piuttosto che uno strumento per proteggerla.

Presi la saponetta e gliela passai sul seno, insaponandolo fino a quando non gemette e non ricadde contro di me per un altro diverso. La feci scivolare lungo la pancia, le insaponai il culo, poi mi accovacciai per insaponarle entrambe le gambe. Poi la schiacciai contro il muro della doccia e la leccai fino a quando non urlò. Quando il suo orgasmo terminò, la presi in braccio e la portai fuori dalla doccia.

La feci sedere sul bancone e presi un asciugamano.

«Andrà tutto bene, coniglietto» le promisi, avvolgendola e asciugandone la pelle morbida. «Pagherò io i debiti di Zane. Non lascerò che nessuno ti tocchi. Lo prometto.»

«Perché?» chiese Chelle.

Avrei dovuto dirglielo.

Avrei dovuto spiegarle cosa significava per me. Che lei era la luce in fondo al tunnel. L'asse magnetico attorno al quale volevo orbitare. Il riempitivo degli spazi vacui della mia vita. Avrei dovuto dire «Per te, Chelle.»

Ma non lo feci. Forse aveva ragione lei. Avevo sempre una mano di carte nascosta. E non volevo esporla. Era una mano di cuori. Ed erano tutti per lei.

La lasciai invece in bagno per andare a rimediare qualcosa per cena.

L'avevo lasciata lì a decifrare tutto da sola.

Se mai vi fosse riuscita.

CHELLE

Provai a chiamare Zane, ma non rispose, quindi gli scrissi. *Cosa sta succedendo? A chi altro devi soldi ora?*

Quando non rispose, riprovai. *I debiti li paga Nikolaj.*

Non mi misi a riflettere su quell'ulteriore coinvolgimento di Nikolaj. Non volevo pensarci in quel momento, ma probabilmente ero segretamente sollevata che i nostri trenta giorni non sarebbero terminati nell'arco di due settimane. Che avrei potuto essere ancora in debito.

Perché amavo che esigesse da me ciò che gli spettava.

Stavolta rispose. *Sei pazza? Stavo cercando di rimediare i soldi per pagare la bratva. Odio quello che stai facendo per me.*

Grr. Logicamente la risposta aveva senso, ma sollevò un enorme muro difensivo. Vaffanculo. Avevo scelto io di farlo e gli avevo detto che stavo bene. Odiavo che lo considerasse schifoso. Sordido, vergognoso e sbagliato.

Odiavo tutto quanto.

No, non necessariamente. Non odiavo stare lì. Non odiavo quello che avevo con Nikolaj.

Solo che… cos'avevo? Lui mi aveva appena cullata e lavata con assoluta gentilezza sotto la doccia, ma in pratica mi aveva comprata – beh, affittata – per un mese.

Avevamo una data di scadenza. Quindi in realtà non *avevo nulla.*

Scrissi *Non lo odio.*

Zane rispose *???* Iniziai a scrivere *Nikolaj è* e poi mi fermai. Nikolaj era cosa? Non era così male? Era meraviglioso? Era buono con me?

Fu allora che un'epifania mi colpì con tutta la forza. Avevo resistito per tutto quel tempo ma era stato inutile: mi stavo innamorando di Nikolaj.

Il pensiero mi colpì con nuova ansia, acuta ed elettrizzante. Diversa dalla preoccupazione viscerale per Zane. Era una sensazione incontrollabile e inarrestabile che andava dal cuoio capelluto alle piante dei piedi. Non potevo stare con Nikolaj.

Non potevo.

. . .

NON ERA POSSIBILE. Ero una brava ragazza, io. Avevo una laurea e una carriera come pubblicitaria junior. Stavo facendo strada.

Non avevo intenzione… *non potevo* immischiarmi con la bratva russa.

Non potevo.

E non lo avrei fatto.

Ma lo scrissi comunque, perché Zane doveva capire che mi fidavo di Nikolaj. *Nikolaj è buono con me.*

Doveva fidarsi di Nikolaj in qualche modo, perché volevo che mi proteggesse dalle persone che mi avevano distrutto casa. Zane non rispose, ma provai un rivolo di sollievo per essermi spiegata.

Zane avrebbe lasciato che Nikolaj pagasse per lui. Quella crisi poteva essere risolta. L'altra – quella del mio stolto cuore – poteva essere affrontata in seguito.

CAPITOLO DICIANNOVE

Nikolaj

L'indomani ci incontrammo nell'ufficio di Ravil. Aveva riservato un paio di appartamenti dell'edificio alle ex schiave e Svetlana, la mamma di Natasha, che era un'infermiera ostetrica, aveva offerto loro cure mediche. Nadja e Adrian avevano parlato con le donne per vedere di capire come fossero finite negli Stati Uniti.

«È stato Poval» sentenziò Adrian, camminando per l'ufficio come un animale in gabbia. «Stesso tipo di operazione di Nadja. Sono arrivate su container di spedizione attraverso l'oceano, poi sono state trasportate a Chicago.»

«Tutto ciò che puoi trovare sulla spedizione dei container potrebbe aiutarmi a tracciare i soldi» disse Dima da dietro lo schermo del laptop. «Ma potrei anche avere una traccia su Poval.»

Adrian si fermò e fece oscillare la testa in direzione dello schermo. «Quale traccia?»

«Ha una figlia. È in un college del Regno Unito.»

«Come si chiama?»

Adrian attraversò la stanza con una postura micidiale.

Dima esitò, il suo sguardo incontrò quello di Ravil oltre lo schermo.

Tutti i presenti sapevano cos'avrebbe fatto Adrian con quelle informazioni.

Ma lei era un'innocente. Una giovane, come Nadja, che probabilmente non aveva nulla a che fare con l'impero criminale del padre.

Non credevo che Adrian le avrebbe fatto del male. Era troppo protettivo nei confronti delle donne.

Ma probabilmente l'avrebbe usata come leva. Proprio come io avevo usato Chelle.

Ravil inclinò la testa.

«Ti manderò le informazioni» promise Dima.

CHELLE

Il giorno dopo uscii per aspettare il mio autista / guardia del corpo russo. Nikolaj voleva che mi dessi malata al lavoro, ma avevo rifiutato. C'era troppo da fare, e Janette non era il tipo di capo che ti permetteva di lavorare da casa. Le piaceva fare le cose di persona.

Avevo promesso di non uscire a pranzo e gli avevo mandato un messaggio un'ora prima di andarmene per essere prelevata a fine giornata.

Per via di lavori, davanti all'ufficio il traffico sembrava bloccato. Controllai le macchine alla ricerca della Tesla rossa. Il telefono notificò un messaggio in arrivo. Lo pescai dalla borsa nello stesso momento in cui qualcosa di duro premette contro la mia schiena.

«Urla e sei morta.» La voce maschile e ruvida dietro di me non mi era familiare. Strinsi forte le dita intorno al telefono, la mente in corsa alla ricerca di un piano.

«Questo lo prendo io.» Infilò la mano in borsa e mi strappò il telefono dalle dita.

«Svolta a sinistra e va' veloce all'angolo.» Mi colpì con la pistola all'altezza del rene. Mi fermai, sempre alla ricerca di Nikolaj.

«*Subito*, o ti sparo per strada.»

Entrò in gioco la resistenza. «Non lo faresti mai» dissi. «Ti servo viva.»

«Datti una mossa o quello stronzetto di tuo fratello muore.»

Il tizio mi afferrò i capelli e li usò per spingermi all'angolo.

Le sue parole mi costrinsero a muovermi, anche se ero abbastanza sicura che avrei dovuto ribellarmi lì per strada, dove avevo maggiori possibilità di scappare.

«Dov'è Zane?» chiesi.

«È nel furgone bianco. Se vuoi che rimanga in vita, adesso lo raggiungi tranquillamente.»

Conoscevano senza dubbio i giusti tasti da premere. Non avevo intenzione di ribellarmi se Zane era lì e aveva bisogno di me.

La porta del furgone si aprì e dentro vidi due ragazzi, ma non Zane. Cercai di fermarmi, ma fu troppo tardi. Qualcosa di duro mi colpì alla nuca e tutto divenne nero.

Nikolaj

ME LA PRESI con il tettuccio di vetro della Tesla, perché nell'isolato dell'ufficio di Chelle c'erano dei maledetti lavori o qualcosa del genere e non riuscivo a passare a prenderla. Non mi piaceva. Avevo una sensazione pruriginosa che mi strisciava sulla nuca, soprattutto perché Zane non rispondeva al telefono da tutto il giorno e Dima non era riuscito a rintracciarlo, come se lo avesse spento o fosse scarico.

La sera precedente, dopo che era andata a letto, avevo piazzato nel telefono di Chelle un localizzatore che non poteva essere spento, quindi almeno avevo quello. La sicurezza di Zane purtroppo per me era importante quanto quella di Chelle, perché non volevo che soffrisse per qualcosa che poteva accadere a lui.

Mandai un messaggio a Chelle per dirle di aspettare all'interno dell'edificio fino a quando non fossi riuscito ad arrivare, ma lei non rispose.

Provai a chiamarla, ma non rispose. La sensazione pruriginosa era ormai impetuosa; controllai il software di localizzazione. Sembrava che fosse di fronte all'edificio. Dannazione.

Riprovai a chiamarla. Quando ancora non rispose, persi la testa. Sterzai per salire sul marciapiede su due ruote, costringendo i pedoni a disperdersi per salvarsi.

Le macchine suonarono il clacson. La gente urlò. Non me ne fregava un cazzo.

Sbandai dietro l'angolo, arrivando finalmente alla strada in cui si trovavano gli uffici di Chelle.

Scrutai il marciapiede di fronte mentre tagliavo passando sul marciapiede. Non c'era, cazzo. Non c'era, e il localizzatore diceva che era lì.

Bljad'!

Lanciai l'auto nel parcheggio e saltai fuori, correndo verso il marciapiede, chiamando di nuovo Chelle mentre seguivo il localizzatore fino all'angolo.

Sentii il telefono squillare debolmente sotto i miei piedi.

Ingoiai la bile mentre guardavo lentamente verso il basso e vedevo il debole bagliore del telefono sotto le sbarre di un tombino.

Dannazione. *Čërt voz'mi!*

Tornai alla Tesla con in sottofondo la serenata di una dozzina di clacson e montai su. Non ero mai stato particolarmente violento, ma in quel momento sarei potuto diventare mortale. Avrei ucciso fino all'ultimo di quegli *žopas* che avevano toccato Chelle, cazzo.

Lei mi apparteneva e nessuno poteva toccare ciò che era mio, cazzo.

Chiamai prima Dima, anche se non c'era.

«L'hanno presa, cazzo!» urlai.

«*Bljad'*. Cos'è successo?» La sua voce era bassa e con un tono di urgenza, in risposta alla mio.

«Il suo telefono è nel tombino di fronte all'ufficio. C'era un ingorgo sulla strada e non riuscivo a passare. Probabilmente hanno causato loro il ritardo di proposito per mettermi fuori gioco.»

«Cazzo. Ok, sto hackerando i tabulati telefonici per recuperare le ultime chiamate e i messaggi fra Chelle e Zane. Ci vorrà solo un minuto. Intanto parlo con Ravil» disse con calma, il che era probabilmente un bene, ma odiavo il pensiero che il nostro *pachan* assistesse alla mia combustione totale. «Aspetta un secondo.»

Un attimo dopo tornò. «Anche Ravil e Maksim sono in linea.»

«Dove sei, Nikolaj?» chiese Ravil.

«In auto diretto al dormitorio di Zane. Ci sono già stato oggi, e sono stato anche da Chelle per controllare le nuove serrature e assicurarmi che l'appartamento non fosse sorvegliato, ma non ho trovato nulla.»

«Mando dei ragazzi a presidiare l'appartamento di Chelle» disse Ravil. «Mandami l'indirizzo.»

«Ho i loro ultimi messaggi» interruppe Dima. «Ce n'è uno di Chelle a te alle diciassette e trentaquattro. Uno da Zane a Chelle alle diciannove e quarantadue di ieri sera.

Non ha inviato altri messaggi né ha chiamato prima che il suo telefono si spegnesse, alle ventuno e zero tre. Vuoi che provi a recuperare il contenuto dei messaggi di Zane?»

Cazzo. Dubitavo che ci fosse qualcosa di utile, ma borbottai *da* comunque.

«Resta in linea.»

«Parliamone» disse Maksim. «Se Zane gli deve dei soldi, lo spacciatore userà Chelle come leva, no?»

Avrei voluto urlare *grazie al cazzo*, ma riuscii a dire «Sì» a denti stretti.

«Non tratterrà Zane ora che ha lei. Ammesso che lo abbia lui, adesso.»

«Probabilmente è vero» grugnii.

«Zane non scapperà se tengono in ostaggio sua sorella, giusto?»

«No. È un codardo, ma non glielo farebbe mai.»

«Questa è una buona cosa» disse Dima.

«Il telefono di Zane memorizza tutto nel cloud. Attivo un nuovo telefono con i suoi dati, sarà come avere un duplicato. Potremo vedere tutto, ovunque è stato, con chi ha parlato, cose così.»

Lasciai uscire il fiato che avevo trattenuto. Grazie, cazzo. A Dima e ai suoi super poteri.

«L'ultimo messaggio lo ha ricevuto da Chelle. Dice... mmm.»

«Cosa dice?» gridai al cruscotto mentre parcheggiavo davanti al dormitorio di Zane. Non era quello il cazzo di momento di omettere cose.

«Dice che avresti pagato il suo debito e che sei buono con lei» rispose Dima tranquillamente, e improvvisamente capii la sua voglia di discrezione. Il cuore mi si strinse così forte che temetti potesse scoppiare.

Non riuscivo a respirare e mi sentivo i bulbi oculari in fiamme.

«Quello è stato l'ultimo messaggio?» gracchiai. Chissà perché, ma all'improvviso ero davvero distrutto.

«Sì.»

Mi si inceppò il cervello. Non riuscivo a pensare a come uscire dalla macchina, figuriamoci da quella situazione.

Fortunatamente, Maksim aveva ancora un cervello funzionante.

«Allora Zane verrà da te, se e quando potrà» ragionò.

Il pensiero mi diede un po' di sollievo. «Sì. Verrebbe da me» concordai.

«Farò sapere a Majkl di stare all'erta» disse Maksim.

«Va bene, setacciamo le posizioni» disse Dima. «Quanto devo andare indietro?» Iniziò a leggere le posizioni.

«Aspetta» disse Maksim. «Ripeti l'ultima.»

Dima la lesse di nuovo.

«È vicino a dove abbiamo visto i Devil Dawgs per comprare le donne» disse Maksim. «Pensi che gli spacciatori siano gli stessi stronzi delle schiave?»

«È una coincidenza, sì, ma avrebbe senso» dissi. «Ha detto che aveva un affare in corso che però è andato storto. I Devil Dawgs sono proprio tipi da andarci giù pesanti.»

«E da quando Zane spaccia?» chiese Maksim.

«Pensavo che fosse solo uno che si divertiva con la cocaina.»

«Credo che stesse cercando di cancellare il suo debito con noi» borbottai.

Rimisi in moto la Tesla e uscii in fretta dal parcheggio. «Vado al magazzino. So dov'è.»

«Non senza di noi» scattò Ravil con un'autorità che non usava spesso.

Quando non risposi, Maksim disse: «Ti raggiungiamo lì. Non entrare finché non arriviamo.»

Continuai a non rispondere, perché non c'era neanche una cazzo di possibilità che me ne restassi bello pacifico fuori dal magazzino ad aspettare i rinforzi con il pensiero che Chelle fosse lì dentro a soffrire.

«Nikolaj, porto i contanti per pagare il debito. Nessuno deve morire» ragionò Maksim.

«Se ti infili nella loro tana da solo e ti fai uccidere, Chelle non starà meglio.»

«Vi aspetterò» concordai a malincuore. «Sbrigatevi.»

«Ti guardiamo le spalle. Tieni duro.»

CAPITOLO VENTI

Chelle

E invece Zane non era nel furgone in cui mi avevano buttata, ma nel magazzino. Quando i tre del furgone trascinarono me e la mia testa dolorante in una specie di magazzino, lo vidi rannicchiato sul pavimento di cemento. Aveva lividi freschi e sangue su tutto il viso gonfio. Il labbro era tagliato e sembrava che gli avessero rotto le dita di una mano.

Lo spazio era allestito come una club house. Un bancone di fortuna si estendeva lungo una parete. Sui tavoli c'erano bottiglie di birra vuote. C'erano un tavolo da biliardo e un tiro a segno con freccette, ma anche giganti motociclette parcheggiate all'interno.

Forse una specie di club motociclistico. *Mafia* russa e bande di motociclisti. Mio fratello sapeva davvero scegliersi bene i partner commerciali.

«Abbiamo la sorella» annunciò il ragazzo che mi aveva afferrato fuori dal mio ufficio. Con i tre che mi avevano portato, ce n'erano sette in tutto.

Erano vestiti con giubbotti di pelle e ricoperti di barbe e tatuaggi.

«Hai sentito, bello? Abbiamo trovato la tua sorellona.»

«Intendi *sorellina*» ridacchiò un altro. «Scommetto che è *strettissima*.»

«Non fatele del male.» Zane si mise in piedi con grande sforzo, sibilando per il dolore. «Vi porto subito i soldi.»

«Ve li porterà» promisi, con un barlume di speranza in accensione al pensiero di Nikolaj e dell'impegno che si era preso. «Saprà trovarli. Oppure ve li trovo io. Lasciatemi andare e vi porto tutto ciò che vi deve. Quant'è?»

«Oh no, questa rimane qui.» Uno dei ragazzi mi avvolse con un potente braccio intorno alla vita e mi prese in braccio. Scalciai, lottando per liberarmi. «Ci divertiremo con lei fino a quando non tornerai» disse in modo oscuro.

«No!» urlammo sia io che Zane. Gli infilai le unghie nel braccio, tirai una gomitata indietro contro un intestino paffuto. «Toglimi le mani di dosso» ringhiai. «Toccami e muori.»

Continuai a smaniare, e il ragazzo mi buttò a terra e mi diede un calcio forte nell'intestino con il suo stivale dalla punta d'acciaio.

Urlai come un cane ferito e mi avvolsi le braccia intorno allo stomaco, ansimante per il dolore.

Quando riuscii a respirare di nuovo, mi misi in piedi barcollando. Non mi sarei raggomitolata a terra accettando quella situazione di merda per nessun motivo. Se avessero cercato di violentarmi, gli avrei strappato gli occhi e li avrei presi a calci nelle palle fino a fargliele diventare blu.

«Basta! È vero» si lamentò Zane. «Il suo ragazzo è della bratva russa. Vi ammazza tutti se le succede qualcosa.

Avete mai sentito parlare di... Nikolaj?» Quando i loro volti rimasero inespressivi, ci riprovò. «O-Oleg? Maksim!»

Uno sogghignò. «Conosce alcuni nomi russi.»

Altri fecero spallucce.

«Sì, ce la stiamo proprio facendo sotto» disse un altro.

L'uomo che mi aveva presa puntò la pistola contro Zane. «Meglio che corri, ragazzo. Riporta indietro quei russi finché c'è resta qualcosa di lei da salvare.» Mi afferrò la parte superiore del braccio e mi trascinò all'indietro contro il suo corpo, palpeggiandomi il seno con una mano.

Gli occhi di Zane divennero selvaggi e terrorizzati. Era spaventato a morte come me. Indietreggiò verso la porta, tenendo fissi gli occhi su di me. Lessi le sue scuse in quello sguardo. La promessa che avrebbe fatto tutto il possibile. E poiché era il mio fratellino e dovevo essere io a prendersi cura di lui, gridai «Me la caverò. Cerca Nikolaj!»

Nikolaj

Mi fermai un isolato prima del magazzino, per non farmi notare. Naturalmente non c'era posto in quel quartiere dove una Tesla nuova di zecca sarebbe stata poco appariscente. Finii per lasciarla dietro un cassonetto.

Tirai fuori la pistola di scorta e un caricatore dal vano portaoggetti e controllai che entrambe le armi avessero le munizioni. Poi scesi dalla macchina con una pistola in mano e marciai verso l'edificio.

Quando vidi emergere una figura, tenni la mia pistola dritta e la puntai alla sua testa, avanzando rapidamente. Il ragazzo per metà correva e per metà zoppicava, e si guardava indietro come se fosse inseguito.

Maledizione.

«Zane.»

«*Nikolaj*. Oh, grazie a Dio, sei qui.» Corse zoppicando verso di me, mentre disperazione e sollievo gli si riversavano addosso. Aveva un aspetto orribile, molto peggiore di quando avevamo regolato i conti fra noi.

«Come hai fatto a trovarci?»

Ci. Grazie, cazzo. «Dov'è?»

Zane si girò e indicò agitato il magazzino. «Lì dentro. Dobbiamo tornarci subito. Stavano per... per…»

Sparai una serie di imprecazioni russe e corsi verso il magazzino. Sentii i passi di Zane dietro di me. Avevo creduto che i miei giorni di crimini violenti fossero ormai per lo più roba del passato, ma mi sbagliavo. Non me ne fregava un cazzo della mia anima. Avrei fatto esplodere fino all'ultimo figlio di puttana lì dentro.

«Aspetta, aspetta, aspetta.» Zane ansimava dietro di me. «Sono molti. Sette, credo. Devi aspettare. Dov'è Oleg?»

Mi girai. «Sai usare una pistola?» chiesi.

Fece spallucce. «Più o meno.»

Gliene consegnai una. «Spara per uccidere» gli consigliai. «Mira al petto o alla testa.»

Inspirò e annuì in modo risoluto.

Mi avvicinai al magazzino. «Quale porta?» chiesi.

«Dritto davanti a te» disse Zane da dietro, e proseguii. L'aprii con un calcio. Sentii Chelle urlare e la rabbia pura mi esplose dentro. C'erano tre uomini piegati su di lei, che lottavano per tenerla giù mentre lei si ribellava come una gatta selvatica.

Presi la mira e sparai. Uno. Due. Tre morti.

Qualcuno più vicino a me estrasse un'arma e sparai anche a lui.

Uno col fucile sparò contro di me e mi mancò. Lo feci fuori nello stesso momento in cui sparò un altro colpo. Caddero due corpi. La faccia scioccata di Zane mi disse che aveva appena ucciso per la prima volta. Qualcosa di duro mi colpì la testa e le schegge di vetro schizzarono intorno al mio viso.

Mi girai e sparai. Sette morti. Scrutai il posto alla ricerca di chiunque respirasse ancora mentre correvo verso Chelle.

«Guardami le spalle» dissi a Zane mentre infilavo la pistola nella cintura e mi piegavo per liberarla dai corpi.

«Va tutto bene, Chelle. Ti ho presa.» Glieli scansai di dosso e la misi in piedi e contro di me. Singhiozzava ma si divincolava anche, quindi la mollai.

Guardai Zane, che aveva ancora la pistola in mano. Entrambi avevano le stesse espressioni inorridite. Mi guardò. Poi guardò i corpi sparsi per la stanza.

«Non guardate.» Mi rivolsi a Zane. «Portala fuori di qui.»

Dovevo assicurarmi che fosse tutto sotto controllo.

Ancora singhiozzando, barcollò verso la porta.

«Chelle!» la chiamò Zane, seguendola.

Sentii il rumore delle gomme sull'asfalto all'esterno.

«Aspetta, Chelle!» Ripresi la pistola e gli corsi dietro, ma erano solo i miei fratelli.

Sentii la voce di Maksim chiamarla. «Chelle? Stai bene? Ci ha chiamati Nikolaj... oh.» Mi vide. «Com'è la situazione?»

«Pronta per la pulizia.» Avrei dovuto dirlo in russo, perché Chelle si girò di scatto verso di me con un'espressione ancora più scioccata. Era pallida, cosa che le fece risaltare un livido sulla guancia.

Avrei voluto uccidere di nuovo quegli stronzi per averle fatto questo. Avrei voluto bruciare quel posto. Quello che avrebbe fatto Adrian, probabilmente. L'incendio doloso era il suo metodo preferito di distruggere prove. Lei guardò la pistola nella mia mano, e io la misi via frettolosamente.

«Parlami, *zajka*. Di cos'hai bisogno?» Stavolta fui abbastanza intelligente da non toccarla. Le diedi spazio, ma le rimasi vicino.

Deglutì. Batteva i denti. «Ho bisogno di stare lontano da... tutto questo.» Indicò il magazzino con la mano. «Da te.»

Rimasi completamente immobile, cercando di afferrare i suoi pensieri. «Chelle, non avevo nulla a che fare con questo. Quelli erano trafficanti di sesso e spacciatori. Ti hanno presa perché Zane doveva loro una partita di droga andata male.»

«Oh Dio.» Gli occhi erano pieni di lacrime. «È troppo. Zane ha sparato a della gente. Tu hai ucciso non so quante persone lì dentro. Come un professionista.»

Sei persone. E supponevo di essere davvero un professionista, ma non glielo dissi.

«Non...» Scosse la testa, mentre le lacrime le scorrevano in più direzioni lungo le guance. «Non posso non vedere. Ho bisogno di stare lontana da questa roba. Non posso farlo. Non posso fare niente di tutto questo.»

«Fare cosa?» insistetti, contro ogni ragionevolezza. Era sotto shock. Non era il momento di parlare della relazione che pensavo di intraprendere alla fine dei suoi trenta giorni.

Si girò verso di me, con labbra tremanti. «Mi porti a casa, per favore?»

C'era parecchio da leggere in quelle parole, e fui abbastanza sicuro di capirne il pieno significato.

Non sarebbe tornata a casa mia. Non quella sera.

Né mai.

Mi sforzai di deglutire nonostante il nodo in gola. «Sì. Va bene.»

Guardai Zane, che aveva ancora la mia pistola in mano. Sembrava rotto e perso come lei. «Stavolta penso che Zane abbia davvero bisogno di un ospedale. Ce lo porto io.»

«Oh, Dio. No...»

Zane, sentendo il suo nome, si avvicinò. Gli presi la pistola e gli dissi con fermezza «Porto tua sorella a casa e poi portiamo te in ospedale. Vieni con me.»

«Anch'io dovrei andare in ospedale» disse debolmente Chelle.

«Tu vai a casa.» Le misi la mano sulla schiena e la allontanai con delicatezza dall'edificio. «A meno che tu non abbia lesioni da far vedere.»

Si toccò la parte posteriore della testa, ma disse solo con voce sommessa «Voglio tornare a casa.»

Rimanemmo tutti e tre in un silenzio tombale durante il viaggio verso il suo appartamento. Ero ancora in modalità crisi: le emozioni sopraffatte dall'adrenalina, il cervello concentrato solo su ciò che doveva essere fatto.

Zane cercò di scusarsi con Chelle un paio di volte, ma lei non gli rispose.

«Ti accompagno su» dissi quando arrivammo.

«No» disse troppo bruscamente. Troppo in fretta. «Per favore. Per favore, porta Zane all'ospedale.»

Avrei voluto dirle mille cose. Che lei valeva più dei soldi che Zane mi doveva. Che la amavo. Che lei era tutto.

Ma non dissi niente. Non era il momento.

Avrei dovuto dirglielo prima di arrivare a tanto, così che avesse qualcosa a cui aggrapparsi. Ma ora non aveva nulla. Io ero solo il mafioso che aveva portato suo fratello sulla cattiva strada e l'aveva quasi fatta violentare o uccidere.

Ero l'assassino che aveva sparato a sei uomini in un magazzino. Ero il ragazzo che l'aveva comprata per un mese.

Non ero niente.

Avrei dovuto dirle che le avrei riportato le sue cose, ma non volevo nemmeno toccare quel tasto. Non volevo che tra noi passassero altre parole a ufficializzare la fine della storia.

Quindi non dissi nulla. Aspettai solo che la porta si chiudesse e andai via.

All'ospedale avrei voluto fare il cazzone e lasciare Zane all'entrata, perché quella tempesta di merda l'aveva provocata tutta lui, ma non ci riuscii. Era suo fratello ed era smarrito come lei.

Se in quel momento non potevo prendermi cura di lei, almeno potevo prendermi cura di lui.

CAPITOLO VENTUNO

Chelle

L'indomani andai al lavoro come nulla fosse. Come se nel mio mondo tutto fosse normale.

Avevo detto a Janette di essermi fatta il livido sbattendo contro allo stipite della porta alzandomi per andare in bagno nel cuore della notte.

Zane mi aveva mandato un messaggio alle due del mattino per dirmi di aver bisogno di un'operazione alla mano.

Non gli avevo risposto. Non me ne fregava un cazzo della situazione di Zane. Sapevo che avrei dovuto essere grata a Nikolaj di aver tirato fuori me e Zane dal suo pasticcio. E *gli ero grata.*

Solo che la gratitudine mi faceva a pezzi il cuore.

Non volevo provare nulla per lui. Volevo cancellare tutta quella faccenda. Fare finta che non fosse mai successo. Andare avanti senza mai, mai guardarmi indietro.

Non potevo vivere certi drammi, io. Non ero una che aveva a che fare con club motociclistici o spacciatori. E sicuramente non avrei dovuto avere a che fare con la *mafia* russa. Con assassini che da soli sparavano a una stanza piena di uomini armati e pericolosi. Nikolaj mi aveva lasciato andare via, ma non sapevo se era finita. L'accordo valeva per i trenta giorni o niente, ma non mi interessava.

Ero fuori, a prescindere. Zane poteva gestirsi da solo la sua merda.

Io avevo ufficialmente chiuso.

Certo, Nikolaj aveva cercato di mettermi in guardia fin dal principio. Mi aveva detto di non cercare di salvare Zane.

Beh, probabilmente lo avevo imparato nel modo più duro possibile.

Non mi sarei permessa mai e poi mai di trovarmi ancora in una situazione come quella del magazzino.

Non potevo andare a letto con un assassino, per quanto assurdi gli orgasmi.

Potevo farcela a superare una giornata. E poi sarei riuscita a superare quella successiva.

Alla fine mi sarei permessa di provare qualcosa di nuovo, e lì sarebbe finito tutto.

~

Nikolaj

Scrissi a Chelle il pomeriggio successivo. *Stai bene?*

Non rispose. Iniziai a scrivere *Possiamo parlare?* ma eliminai il messaggio prima di inviarlo. Sapevo già come sarebbe andata a finire. Chelle aveva chiuso. Fingere il contrario avrebbe solo ritardato il dolore. E sì, forse avrei potuto convincerla a prolungare ciò che avevamo – o avevamo avuto – ma alla fine non sarebbe rimasta con me.

Aveva accettato di stare con me solo a causa di un accordo che avevamo concluso.

Cazzo. Sembrava che il mio cuore si fosse appena raggrinzito e morto dentro il petto. Proprio quando avevo trovato quello che sembrava il mio nuovo scopo della vita, l'avevo mandato a puttane.

Chiusi gli occhi, cercando di allontanare il torrente di ricordi recenti che avevamo accumulato nelle ultime settimane. Chelle, ubriaca, che mi trascinava nel suo appartamento e mi supplicava di sculacciarla. Che si presentava alla giocata piena di rabbia e risentimento. Lei legata alla mia sedia. I sorrisi che mi aveva rivolto alla pedalata al lago. Come mi aveva riempito la cucina. La casa.

Accidenti. Volevo il pacchetto completo, e l'avevo trovato.

Amavo fottutamente Chelle. Ma ciò significava che dovevo lasciarla andare. Mi preoccupavo troppo di lei per forzarla quando voleva uscirne, anche se lasciarla andare sembrava che potesse uccidermi. Mi faceva male fino in fondo all'anima, così mi scolai una bottiglia di vodka a stomaco vuoto e, quando quella finì, ordinai a uno dei nostri soldati di portarmene un'altra e crollai sul divano.

Avevo intenzione di bere fino a dimenticare che fosse mai stata lì.

CHELLE

Avevo bisogno di prendere le mie cose da Nikolaj, ma non ero pronta a vederlo. Stavo ancora fingendo con me stessa che non c'era niente che non andasse. Che ogni giorno era normale, proprio come tutti i giorni che avevo vissuto prima di incontrare Nikolaj. Facevo doppi allenamenti di spinning in palestra e trovavo delle scuse per saltare l'appuntamento del mercoledì al Red Room mandando a Shanna dei vaghi messaggi sul fatto che ero occupata.

Non volevo – non potevo – stare con nessuno che parlasse di sentimenti. Mi stavo impegnando di brutto a non provarne.

Domenica pomeriggio Shanna si presentò alla mia porta con due sacchetti della spesa pieni di ingredienti per il brunch.

«Cosa ci fai qui?» le chiesi, facendo un passo indietro.

«Hai bisogno di me. Ne sono sicura.» Mi scrutò in modo critico, cogliendo il livido sbiadito sul mio viso, poi mi superò e andò in cucina per svuotare le buste.

La seguii, ma non riuscii a convincermi a muovermi per aiutarla né per parlarle.

Stappò una bottiglia di champagne, ci preparò dei Mimosa e mise della torta al caffè e della macedonia di frutta sui piatti.

«Dai» disse, prendendo il Mimosa e il piatto. «Dimmi cosa sta succedendo.»

«Come facevi a sapere che avevo bisogno di te?» chiesi, prendendo meccanicamente il piatto e il bicchiere e seguendola.

«Sei in modalità Chelle-robot. Eri così dopo la morte di tuo padre. Cos'è successo?» Guardò di nuovo il livido.

Quando non risposi, mi chiese molto tranquillamente «Te l'ha fatto Nikolaj?»

Scossi miseramente la testa. «È una storia davvero lunga.»

«Ecco perché abbiamo lo champagne. Sono pronta, sorella. Spara.»

Misi il piatto e la forchetta sul tavolino e raddrizzai la schiena. «Forse non è poi così lunga. Ecco la versione breve. Zane non sopportava che facessi sesso con Nikolaj per pagare il suo debito, così è finito in affari con un club motociclistico – penso che vendesse droga, ma non ne sono sicura. Non voglio nemmeno saperlo. Poi le cose sono andate male – di nuovo, non so come – e quelli sono venuti, mi hanno distrutto casa e mi hanno rapita.»

La mia voce si spezzò alla parola *rapita*.

Maledizione. Stavo cercando di tenere botta.

Shanna mise giù lo champagne e mi abbracciò stretta. «Gesù, Chelle. È terrificante. Poi cos'è successo?»

«C'era Zane, lo avevano picchiato di brutto. Lo hanno lasciato andare. Stava andando a chiedere soldi da Nikolaj per riscattarmi.» Il trauma della notte mi attraversò con tutta la sua violenza. Ecco ciò a cui avevo resistito per tutta la settimana. Paura. Impotenza. Violazione.

Soffocai un singhiozzo. Shanna mi strinse la mano. «Stavano per violentarmi» singhiozzai, toccandomi il livido che mi avevano fatto mentre combattevo con loro. Shanna mi avvolse nell'abbraccio più stretto che si possa immaginare.

Piansi come una fontana sulla sua spalla, bagnandole la maglietta dei Beatles. «Ma non l'hanno fatto?» chiese dolcemente.

«No.» Mi tirai indietro e mi pulii il naso. «Perché Nikolaj è arrivato con Zane e, ehm, hanno ucciso tutti.»

Sapevo che Shanna stava cercando di stare calma, di non dare di matto per il livido in attesa che raccontassi tutto, ma a quel punto spalancò gli occhi. «Wow. Ok. Merda.»

«Già.» Piansi ancora un po', ma mi sentivo meglio ora che l'avevo detto a qualcuno. Come se tenere in quel terribile segreto mi avesse bruciato le viscere come l'acido della batteria.

«Quindi è arrivata la polizia? Cos'è successo dopo?»

«No.» Un nuovo singhiozzo mi scosse, ricordando quel

momento. «Gli amici di Nikolaj si sono presentati e lui ha detto loro che la scena era pronta *per essere pulita*.» Feci il segno delle virgolette sulle ultime tre parole. «Mi ha davvero spaventata.»

«Oh, bambina.» Mi strinse il braccio e non mi lasciò andare. «Ti sei spaventata perché ti sei affacciata nel suo mondo?»

Annuii; le lacrime scesero sul viso. «Gli ho chiesto di portarmi a casa e ho chiuso l'accordo. La mia roba è lì, e non voglio chiamarlo per andare a prenderla, e non so come farà Zane a ripagarlo, e non mi interessa nemmeno.»

«Beh, posso andare io a prendere le tue cose, quindi non preoccuparti. Sto pensando che la cosa di Zane non abbia importanza. Voglio dire... Nikolaj ti ha salvata, Chelle. Ha ucciso un gruppo di tizi per te. Penso che questo significhi che gli importa.»

Sentirglielo dire ad alta voce mi tranquillizzò. La sensazione di panico nel vedere Nikolaj come assassino svanì, e riprese le sembianze dell'uomo che conoscevo.

Annuii. «Sì. Suppongo... immagino di aver sempre saputo che mi avrebbe salvata. Insomma... me l'aspettavo.» Il pensiero portò un'altra ondata di sollievo. Parlarne mi aiutava ad abbattere la diga del trauma. In quel magazzino, mi si era proprio spento il cervello. I fili si erano scollegati. Ero andata in cortocircuito. Ora stavano iniziando a riequilibrarsi.

«Sì. Insomma, ho conosciuto Nikolaj. Mi è piaciuto. Sembrava innamorato e totalmente perso per te. Non riesco a essere triste per il fatto che abbia ucciso della gente che stava cercando di violentarti. Proprio no.» Fece spallucce.

Sentirla assolverlo alleggerì l'aria intorno a me. «Già.»

«Per che cosa sei arrabbiata davvero? Per il fatto che

alcuni ragazzi che probabilmente se lo meritavano sono stati uccisi o perché le cose sono finite con Nikolaj?»

Un brivido di consapevolezza attraversò il mio corpo ed emisi un singhiozzo. «Mi manca Nikolaj» ammisi mentre la piena realizzazione mi colpì. Ero in lutto. Non per quello che mi era successo, ma per la scelta fatta in seguito.

«Quindi potresti anche parlargli…» suggerì Shanna. «Digli cosa ti ha fatto uscire di testa. Non so in cosa sia coinvolto. Quanto sia brutto. Ma magari potresti – non lo so – stabilire dei limiti invalicabili, e potrebbe funzionare.»

Mi si rovesciò ancora un po' lo stomaco. Avrebbe potuto funzionare? Sarei potuta stare con uno come Nikolaj a lungo termine? Sposarmi e avere figli con uno che aveva ucciso?

Mi strofinai le mani sul viso. Stavo saltando alle conclusioni, come al solito. «Non so nemmeno se è interessato a me. Non abbiamo mai parlato di ciò che sarebbe accaduto finite le trenta notti. Forse uccidere per qualcuno non è un grosso problema per uno come lui.»

Shanna alzò gli occhi al cielo. «E non puoi chiamarlo? Non puoi mica arrivarci da sola.»

Mi porse il mio telefono. Lo fissai per un momento, con il cuore che batteva forte, poi composi il numero. Non rispose e non partì neanche la segreteria.

Una sensazione di disagio mi si agitò nella pancia. Forse era troppo tardi. Gli scrissi *Scusa se sono scappata. Avevo paura. Possiamo parlare?* e inviai.

Appena lo feci, mi sentii meglio. Il peso al petto si alleggerì e un barlume di speranza tornò ad animarmi. Forse la cosa non doveva finire per forza. C'era ancora tanto su cui lavorare – così tanto da averne paura – eppure le esplosioni di gioia che mi portò il solo pensiero non potevano essere sbagliate.

Gettai le braccia al collo di Shanna, e lei mi strinse a sua volta per parecchio tempo. «Ti senti meglio?» chiese.

«Molto. Grazie.»

«Ci penso io a te, ragazza. Facciamoci un altro bicchiere di champagne.»

~

Nikolaj

Dima si presentò di venerdì. O almeno così mi parve. Difficile dirlo. Nelle ultime due settimane non avevo fatto che bere o dormire.

Ricordavo vagamente i ragazzi andare e venire per portar giù i pasti e urlarmi contro o stronzate del genere.

Dima era incazzato. Spalancò le tende della mia camera. Oh.

Forse con lui c'era Oleg, perché in qualche modo il mio letto si sollevò e io ne scesi. *«Tebja est' chuj v sadnice?»* brontolai quando colpii il pavimento.

«No, sei tu quello con il cazzo attaccato al culo. Alzati.» Sì, Dima era tornato. Mi misero in piedi. «È venerdì. Devi andare a gestire la giocata o Ravil ti farà il culo. Andiamo.»

«Ravil può succhiarmi il cazzo» mormorai.

«Attenzione» mi avvertì Dima mentre entrambi mi trascinavano sotto la doccia. Odiavo fare la doccia, perché mi ricordava Chelle. Tutto in quel maledetto appartamento mi ricordava lei. Sarei dovuto tornare nella camera del piano di sopra quando se n'era andata.

Ci rimasi per parecchio, ma riuscii a rimanere in piedi e a lavarmi, cosa che considerai una vittoria. Quando uscii, trovai Dima e Oleg in cucina. Avevano preparato una pila di panini sul bancone, e stavano già mangiando.

«Ho un tavolo» mormorai afferrando un panino.

«Sì, bello.» Dima e Oleg mi seguirono per sedersi lì.

«L'ha scelto Chelle.» Ero allo stesso tempo orgoglioso del tavolo che aveva scelto per me e addolorato dal ricordo di quel momento.

Scartai il panino e diedi un morso.

«Allora, che succede con Chelle?» chiese.

Feci spallucce. «Ci ha dato un taglio.»

A quanto pareva stavo morendo di fame. Attaccai il panino.

«Ti ha mandato un messaggio cinque giorni fa chiedendoti di parlare.»

Smisi di masticare. «Davvero?» chiesi a bocca piena. Dima mi mise il telefono sotto al naso e lessi il messaggio.

Ritornò tutto il peso del dolore. Più di quanto potessi gestire.

Scossi la testa. «Non funzionerà.» Ripresi a masticare.

Dima lanciò a Oleg un'occhiata alla *che cazzo?* «Cosa c'è di sbagliato in te? Non esci di casa da quasi due settimane per questa qui, e ora non vuoi richiamarla anche se ti ha chiesto lei di parlare?»

«Non funzionerà» ripetei. «Mi vede come un assassino.»

Non volevo continuare a inseguire una donna che non pensava che potessi redimermi. Non ne valeva la pena. Tutti i giocatori devono sapere quando passare la mano.

CAPITOLO VENTIDUE

Chelle

Venerdì chiamai Story.

In settimana la speranza era appassita, dato che Nikolaj non mi aveva mai scritto. Ora la corrosiva sensazione di panico dovuta al fatto che lo avevo perso diventava ogni giorno più forte.

Almeno Zane era venuto da me, e avevamo avuto un lungo e doloroso cuore a cuore riguardo alle sue cattive scelte di quell'anno. La cosa buona probabilmente era che si era spaventato tanto da tornare sulla retta via. Aveva giurato di non avvicinarsi mai più alla cocaina o al gioco d'azzardo.

Speravo che fosse vero.

Mi aveva anche detto che Nikolaj era rimasto al suo capezzale quella notte, in ospedale, per poi riportarlo a casa alle due del mattino. Il che significava che Shanna aveva ragione. Nikolaj ci teneva.

Forse mi amava persino.

Dio, io lo amavo sicuramente. Non sapevo come né perché avessi continuato a fingere il contrario. Sì, mi facevo degli scrupoli sulla sua professione, ma in realtà non avevo dubbi su di lui, sulla persona. Ero sempre stata nella condizione di confidare che avrebbe fatto la cosa giusta. Mi aveva guardato le spalle in ogni situazione.

Peccato che io non avessi fatto lo stesso.

La paura di aver irrimediabilmente rovinato le cose mi lacerava.

E non pretendevo nemmeno di credere alla storia che continuavo a ripetermi che a lui non importasse. Che si trattava solo di sesso. Se non gli fosse importato, non mi avrebbe lasciata andare. Non sarebbe rimasto con Zane in ospedale. Non avrebbe ucciso per me.

Chiamai Story dal lavoro, fingendo di dovermi occupare di un ingaggio per gli Storytellers al Red Room.

«Chelle, tu mi piaci, ma non sono sicura di poter continuare a lavorare con te ora» disse senza mezzi termini.

Il cuore iniziò a battermi più velocemente.

«In che senso?»

«Insomma, io sono un tipo lealissimo con gli amici, e al momento il mio amico sta soffrendo a causa tua.»

Afferrai il bordo della scrivania per sostenermi.

«Nikolaj?» gracchiai. Cercai di recuperare la voce. «Sta male?»

«Direi proprio di sì, gli hai spezzato il cuore. È rimasto rintanato nel suo appartamento a bere e dormire per giorni. Gli abbiamo portato giù il cibo e lo abbiamo controllato solo per assicurarci che fosse vivo. Abbiamo dovuto chiamare suo fratello affinché tornasse e se ne occupasse lui. Non è bello.»

«Non ha risposto al mio messaggio» le dissi miseramente. «Dovrei... pensi che potrei venire lì stasera? Majkl mi farebbe entrare?»

Story si fermò, poi disse: «No, Oleg dice che hanno la serata del poker stasera. Forse domani.»

No, non domani. Ogni minuto in cui noi avevamo entrambi il cuore spezzato era una tragedia epica.

«Dov'è la giocata?»

«Probabilmente non è una buona idea» disse Story.

«Ti prego… anche il mio cuore è spezzato, Story. Ho bisogno di risolvere le cose con lui. Non posso aspettare un altro giorno. Ti prego.»

Ci fu un'altra pausa, e poi rispose. «Oleg dice che dovresti venire prima dell'inizio. Tipo alle venti o venti e trenta.»

«Nessun problema. Ci sarò. Dove?»

«Ti manderà un messaggio con le informazioni quando lo saprà.»

«Grazie. Davvero.» Ricacciai indietro le lacrime, perché sentii Janette parlare fuori dal mio nuovo ufficio. Piangere sul lavoro non sarebbe stato un bene.

Mi sembrava giusto recarmi nel luogo in cui avevo conosciuto Nikolaj per ricominciare.

O almeno speravo che avremmo ricominciato, e che non sarebbe stata invece una *chiusura*.

Nikolaj

MI SENTIVO UNA MERDA. Anche se avevo fatto la doccia, mi ero rasato e avevo mangiato, mi faceva male la testa e avevo il corpo di piombo.

Adrian, Dima e Oleg si erano preparati per la serata di poker presso l'hotel che avevo scelto all'ultimo minuto, mentre mi trovavo alla finestra e guardavo fuori.

Fui inondato dalla desolazione.

Non era quella la vita che volevo vivere. Quel senso di vuoto. Di inutilità.

Non sapevo cosa fare di me stesso.

Bussarono e, per una qualche ragione, nessuno degli altri stronzi si mosse per aprire. «Chi cazzo è?» chiesi, guardando puntualmente Oleg. Aprì una fessura e sbirciò fuori, poi guardò me e indicò la porta con la testa.

«Chi è?» chiesi. Quando mi fissò senza rispondere, improvvisamente capii.

Il mio corpo si accese, come infuocato.

Chissà se per rabbia o desiderio.

Mi avvicinai alla porta e aprii.

Chelle aveva un aspetto decisamente baciabile.

Scopabile.

Era troppo carina, cazzo.

Odiavo il fatto di amarla così tanto.

«Cosa ci fai qui?» le chiesi.

Impallidì, i grandi occhi dorati si fissarono sul mio viso, le lentiggini spiccavano sul viso. «Sono, ehm, venuta a giocare a poker con te.»

Scossi la testa. «Vai a casa.»

Feci per tornare dentro, ma lei mi prese la mano e mi tirò fuori, nel corridoio.

Proprio dove avevamo dato inizio a tutta quella faccenda.

«Volevo offrire il mio corpo come puntata» disse rapidamente, come se avesse bisogno di sputare il rospo. Si sbottonò il cappotto per mostrarmi le tette spinte verso l'alto da un sexy bustier nero.

Scossi la testa. Non lo avremmo più fatto. Assolutamente no.

«Perché il cuore l'ho già perso» sbottò.

Rimasi di sasso. Deglutii.

Poi persi la testa. La sbattei contro il muro, reclamando

la sua bocca con un bacio di fuoco. Le presi il culo e la sollevai, e lei mi avvolse con braccia e gambe, baciandomi a sua volta. «Mi dispiace» piagnucolò tra un bacio e l'altro. «Mi dispiace di essermene andata.»

«Ti amo, Chelle» le dissi, anche se mi sembrava di saltar giù da un aereo senza paracadute. «Mi sei mancata tantissimo, cazzo.» Spostai il rigonfiamento dell'erezione nella tacca tra le sue gambe mentre le baciavo il collo, la mascella, la fronte. «Ma non ti rivoglio a meno che tu non abbia intenzione di restare» dissi con voce stridula.

Mi fissò scioccata.

Era troppo da chiedere, lo sapevo.

La mia ragazza pensava troppo alle cose, e già non era sicura di me e della bratva.

Inspirò. «Voglio restare» sussurrò.

Bastava.

«Ti amo, Nikolaj.» Ci fu più convinzione in quelle parole, e la loro grazia affondò il mio corpo in una sensazione di comfort. Di resa.

Bastava e avanzava. Era tutto ciò di cui avevamo bisogno. Ci amavamo. Il resto della nostra merda saremmo riusciti a sistemarlo.

«Torna a casa con me» mormorai, e lei annuì. «Ora?» Annuì di nuovo.

Guardai la porta della suite dell'hotel.

Fanculo.

La giocata potevano gestirsela loro.

Io avevo la mia ragazza.

Portai Chelle nell'ascensore e premetti il pulsante di discesa.

Ora era mia. A prescindere da tutto, era mia.

Non l'avrei lasciata andare una seconda volta.

CAPITOLO VENTITRÉ

Chelle

«Mi dispiace di averti spaventata» mormorò Nikolaj. Ero avvolta tra le sue braccia, nell'ascensore, mentre salivamo al piano del suo appartamento.

«Non mi hai spaventata» dissi. «Io mi sono spaventata. La situazione mi ha spaventata.» L'immagine dei cadaveri mi sfarfallò nella mente, e mi resi conto di cosa mi aveva fatto scattare il panico. «Trovai io mio padre dopo che si sparò.»

«Oh, Chelle.» Nikolaj mi mise una mano su parte del viso, mentre l'altra guancia restava premuta saldamente contro il suo petto. «Mi dispiace tanto.»

«Onestamente penso di aver rimosso l'immagine fino a questo momento. Ma la sensazione era la stessa. La nausea e la paura.»

«Mi dispiace, *zajka*.»

L'ascensore si aprì e uscimmo. Lo guardai. «Hai visto diverse volte la morte.»

Annuì.

«Anche questo mi ha spaventata.»

«Lo so. La...» Esitò, la chiave magnetica contro la serratura. «La casa è distrutta. Probabilmente sarebbe meglio che aspettassi qui fuori mentre do una ripulita veloce.»

«Non c'è problema.» Aprii la porta. Chissà di cosa parlava: l'appartamento era immacolato.

«Oh.» Sbatté le palpebre un paio di volte. «I miei fratelli sono molto buoni con me.»

«Fratelli? Al plurale?»

«Bratva significa fratellanza. Sono tutti miei fratelli. È stato molto gentile da parte loro.» Mi guardò pensieroso. «Sapevano che stasera saresti venuta. Chi ti ha dato l'indirizzo?»

«Ho chiamato Story e lei mi ha detto che non poteva lavorare con me perché ti avevo spezzato il cuore. Le ho detto che anche il mio cuore era spezzato e avevo bisogno di vederti prima che fosse troppo tardi.»

Nikolaj appoggiò la fronte contro la mia. «Sono un uomo fortunato.»

«Sono più fortunata io.»

Gli angoli della bocca di Nikolaj si alzarono. «Tra un minuto ti porto in camera per scoparti senza sosta, ma prima penso che dobbiamo parlare.»

Mi prese per mettermi di nuovo a cavalcioni sulla sua vita e mi portò su una poltrona imbottita, dove si sedette.

«Avevi delle domande da farmi su ciò che sono. Cosa faccio. Mi sono sempre rifiutato di rispondere, ma ora risponderò a qualsiasi cosa. Offerta una tantum.» Mi afferrò il culo e me lo strinse, rendendomi difficile concentrarmi.

Ma aveva ragione. Avevo delle domande che mi tormentavano su di lui. Ma non me ne uscì nessuna.

Dopotutto, non volevo davvero conoscere i dettagli. Mi aiutò lui.

«Ho fatto molte cose per la bratva, Lentiggini. Ma operiamo secondo con un codice. Non facciamo del male agli innocenti. Proteggiamo la nostra gente. Non usiamo droghe né trattiamo schiavi. Facciamo po' di contrabbando, molta evasione fiscale. Gioco d'azzardo e usura, ovviamente. Usiamo l'intimidazione e puntiamo sulla paura per farci strada nelle trattative commerciali, ma raramente dobbiamo effettivamente dare seguito alle minacce.»

Sbattei le palpebre. Niente di ciò che disse mi fece salire il panico, ma mi resi conto che le mie vere paure non erano state affrontate.

«Andrai mai in prigione?»

Scosse la testa. «Altamente improbabile. Ravil è sposato con il miglior avvocato difensore della città. E poi la polizia non ha motivo di starmi alle calcagna.»

«Puoi uscirne? Lo faresti mai?» Non aggiunsi il *per me* perché stavo solo chiedendo. Volevo sapere se era incastrato lì.

«Il codice dice di no, ma due dei miei fratelli sono già a metà strada. Il nostro *pachan* è insolitamente comprensivo. Penso che ci si possa accordare su qualsiasi cosa.»

Gli sbottonai la parte superiore della camicia. «Se non mi avessi conosciuta, cos'avresti fatto a Zane?»

«Gli sarei stato addosso fino a quando non fossimo arrivati a una soluzione reciprocamente accettabile» disse. «Come il passaggio di proprietà della Mustang.»

Aprii un altro bottone.

«Cos'altro vuoi sapere?» chiese. «Di cosa hai paura, Chelle?»

«Temevo che mi volessi solo per fare sesso.»

Schioccò la lingua. «Io credevo che fossi tu a usarmi solo per quello.»

Risi, una specie di risata sollevata, di pancia, che rilasciò tutta la tensione che mi era rimasta in corpo. «Beh, era vero. Ma solo perché non credevo di riuscire a gestire la questione bratva.»

«E adesso?» Inarcò un sopracciglio in modo sexy.

«Adesso mi sento meglio.»

«Trasferisciti da me.»

«Va bene.»

Il suo ampio sorriso dai denti bianchi fu una brillante ricompensa. «Voglio che tu conosca i miei amici.»

«La bratva?»

«Sì. E le loro mogli. Tutta la banda. Ti piaceranno.»

La possibilità di vivere un senso di appartenenza mi scivolò addosso e mi atterrò sulle spalle. Dal suicidio di mio padre mi sentivo molto sola. Come se fossimo solo io e Zane contro il mondo. Nessuna famiglia o rete di sicurezza, a parte Shanna, che era anche lei piuttosto sola. La prospettiva di entrare a far parte dell'affiatata famiglia di Nikolaj sapeva di ritorno a casa, anche se non li avevo ancora conosciuti tutti.

«Cos'altro vuoi sapere, coniglietto? Cosa devi sapere prima che ti punisca per avermi lasciato?»

I capezzoli si tesero, a quelle parole.

«Niente» sussurrai. Strinse le dita sul mio culo. «Qual è la punizione?»

Gli calarono le palpebre. «Non ho ancora deciso.»

Roteai i fianchi sopra i suoi. «Aspetta» dissi. «Forse un'altra cosa.»

Mi tirò i fianchi per continuare il movimento che avevo fermato e mi mossi sulla sua erezione. «Quale?»

«Sei serio su di noi? Coinvolto?»

«Sono in modalità *all in*, Lentiggini.»

Gli sorrisi e strisciai giù fino a posare le ginocchia sul pavimento, e gli aprii il bottone che premeva sui suoi pantaloni.

«Mmm. Questo sì che è un buon inizio» disse Nikolaj.

Liberai l'erezione e ne afferrai la base per stabilizzarla per la mia bocca.

«Perché proprio io?» chiesi un attimo prima di leccare intorno alla cappella.

Tremò, al contatto. «Stai chiedendo cosa amo di te, coniglietto?»

«Mmm mmm» mugugnai mentre lo portavo in profondità nella tasca della mia guancia. Il cazzo mi crebbe in bocca, diventando più spesso.

Inspirò e gemette prima di rispondere. «Adoro... i tuoi occhi dorati da leonessa. E le tue lentiggini. Amo il tuo fuoco e la tua determinazione, soprattutto perché è tutto concentrato in un pacchetto così piccolo e adorabile.»

Lo presi dentro e fuori dalla bocca con lunghi e lenti tiri, bevendomi le sue parole e ricompensandolo per esse.

Mi afferrò i capelli, ma senza tirare. «Adoro questi capelli lunghi e folti. Adoro che tu sia così abbottonata, perché è divertentissimo quando finalmente ti lasci andare.»

Lo portai in profondità fino alla parte posteriore della gola, concentrandomi sul rilassamento in modo da poterlo portare più in profondità.

«Amo che ti fidi di me. Che ti piaccia essere sculacciata. Adoro quando balli in cucina in mutandine.»

«Che cofa?» Lo tirai fuori e lo guardai scioccata. «Cos'hai detto?»

Nikolaj ebbe la grazia di sembrare pentito. «Ti ho già detto che mio fratello è uno dei migliori hacker mai usciti dalla Russia?»

Raddrizzai la schiena. «Mi stai dicendo...» La mia mente si riavvolse mentre metteva insieme i pezzi. «L'Echo! Mi spiavi con l'Echo?»

Nikolaj mi afferrò il polso e lo tirò alle labbra, baciandomelo. «Solo una volta. La mattina dopo aver stretto il nostro accordo.»

Il mio viso probabilmente divenne di una sfumatura cremisi, a giudicare da quanto ero accaldata. «Oh mio Dio.» Cercai di coprirlo con le mani, ma lui mi prese l'altro polso e lo trattenne. «Sono davvero in imbarazzo.»

«È stato quello il momento in cui mi sono innamorato perdutamente di te, Chelle Goldberg.»

«Oh Dio» gemetti.

«Ti farò una proposta.» Nikolaj strizzò gli occhi.

«Quale?»

«Fammi una replica di quello spettacolo e mi dimenticherò della tua punizione.»

Le mie labbra si tesero in un sorriso malinconico. «Forse preferisco la punizione, però» ammisi.

Rise. «Ah sì, eh? Allora senti: balla per me e la scheda di tuo fratello è pulita. Avevo intenzione di farti ricominciare le tue trenta notti.»

«Pensavo che fossi *all in*. Per sempre. Niente data di scadenza.»

«Ah, è così. Ma mica significa che non ti terrò come mia schiava per sempre.»

Risi, la felicità ribolliva ovunque perché l'idea mi eccitava a non finire. «Allora cosa vuoi: il balletto o il pompino?» Feci le fusa, lasciando ricadere lo sguardo sulla sua erezione.

«Entrambi.» Prese il telefono dalla tasca per avviare la canzone. «Balla per me, Lentiggini.» La musica partì dalla cassa in cucina, riempiendo l'appartamento. Mi alzai, muovendo i fianchi a ritmo nella mia versione di un twerk ironico. Mi schiacciai il bustier e mi sbottonai i jeans.

Li calai andando a ritmo, mi esibii nel mio squat più basso, rimbalzai sul pavimento per toglierli prima di risalire.

Nikolaj si accarezzò con il pollice il labbro inferiore, lo sguardo pesantemente velato si appuntò su di me. Sentendomi potente, ballai in mutandine come quel giorno in cucina, offrendogli il miglior spettacolo per me possibile.

Appena iniziai a sentirmi a disagio, caddi a terra e strisciai verso di lui per finire il lavoro che avevo iniziato. Quando lo presi di nuovo in bocca, mi cullò la testa con entrambe le mani. «Ecco ciò che mi è mancato per tutta la vita» rimbombò con apprezzamento. «Tu. Che balli nel mio salotto. Che riempi gli spazi vuoti della mia esistenza.»

Lo tirai fuori e gli feci un sorriso da gattina. «Che ti succhi il cazzo?»

Con un sorriso caldo prese il sopravvento, alimentando la sua lunghezza nella mia bocca. «Sicuramente, che mi succhi il cazzo.»

EPILOGO

Nikolaj

Io, Oleg e Adrian aspettavamo Zane fuori dal dormitorio.

«Oh merda. Che significa?» Aveva un tutore alla mano con tre delle dita steccate per l'operazione di due settimane prima.

«Come va la mano?» chiesi guardando il tutore.

Lo capovolse per guardarlo come se fosse un oggetto estraneo. «Bene, immagino. Fa male, ma sto lontano dagli antidolorifici. Ho chiuso con quella roba.»

«Bene. Ti prendo a calci in culo se ci ricaschi.»

«Grazie per il supporto» disse seccamente, ma lo vidi lanciare uno sguardo nervoso nella direzione di Oleg.

Glie feci penzolare le chiavi della Mustang davanti. «Sono venuto per offrirti un accordo» dissi.

«Ce l'hai ancora!» Fece per prendere le chiavi, ma io gliele strappai via.

«Non hai ancora sentito i termini.»

«Ok.» Fece passare uno sguardo diffidente da me ai ragazzi.

«Ho bisogno del tuo sostegno.»

Le sue labbra si aprirono in un sorriso. «Stai comprando il mio affetto?»

«Sì. Voglio incastrare tua sorella.»

Il suo sorriso crebbe, e la cosa mi rilassò. Non credeva più che fossi la cosa peggiore che potesse capitare a Chelle.

«Cosa ti serve da me?»

«Vieni al Red Room domani sera. Chelle ha organizzato un evento e ho intenzione di chiederle di sposarmi lì.»

«Avrò bisogno di una macchina per arrivarci.» Zane tese la mano per ottenere le chiavi.

«Eccolo, il mio ragazzo.» Gli lasciai cadere le chiavi nel palmo.

«Ore otto. Non fare tardi.»

Facemmo per andarcene. «Ci sarò.»

«Ah...» Mi girai e lo indicai Zane. «Se glielo dici ti ammazzo.»

Ridacchiò. «Ti credo.»

Chelle

Mi infilai i tacchi con eccitazione. L'evento della serata era tutto farina del mio sacco. Avevo organizzato il concerto per gli Storytellers al Red Room. Avevo lanciato una campagna sui social media utilizzando entrambi gli account Facebook, Instagram, YouTube e TikTok di tutti e due. L'avevo pubblicizzato sui giornali locali e le riviste online. Avevo fatto in modo che un paio di camion dei panini parcheggiassero davanti all'entrata per rendere l'evento ancora più accattivante, e avevo persino invitato Janette per mostrarle di cos'ero capace.

Ora stava accanto a me, a sorseggiare un whisky osservando la folla. «Sembra che tu abbia organizzato un grande evento in poche settimane» disse. «Non vedo l'ora di vedere come andrà il lancio degli Skate 32.»

«Giuro che ho fatto tutto nel mio tempo libero» le dissi.

«Non era questo a preoccuparmi» mi disse. «Sei sul libro paga, comunque, quindi non è che sto lì a contare le ore.»

Nikolaj si avvicinò e si piazzò dietro di me, con la mano leggermente appoggiata sulla mia schiena in quel modo gentile ma possessivo che aveva. Lui era la mia roccia. Colui che faceva sembrare tutto ciò facile e possibile. Ma l'evento sembrava il mio dono per lui. Un modo per onorare i suoi amici e cercare di guadagnarne il rispetto, soprattutto perché avrei potuto non essere la loro persona preferita dopo il modo in cui l'avevo ferito.

«Janette, lui è il mio ragazzo Nikolaj. I membri della band sono suoi amici. E miei» aggiunsi, sperando che fosse vero.

Nikolaj strinse la mano di Janette e mi diede un bacio sulla testa. «Chelle è stata un mito ad aver messo insieme tutto quanto.»

«Non c'è dubbio. Vado a controllare l'ordine al furgone.»

Janette se ne andò e Nikolaj mi portò al bar per prendere un drink. Guardai oltre per vedere entrare gli amici della suite.

Oleg era entrato con la band, ovviamente, ma Saša, una rossa molto divertente, e suo marito Maksim arrivarono in quel momento. Adrian li seguiva con la sorella, Nadja, che sembrava piuttosto spaventata di trovarsi lì. Quando Flynn la salutò dal palco, lei si bloccò per guardarsi alle spalle, come per vedere se ce l'avesse con qualcun altro.

Flynn prese il microfono. «Ecco Nadja» disse, salutando di nuovo.

Sul viso le comparve un timido sorriso. Non la conoscevo da molto, ma era la prima volta che la vedevo con un'espressione che non fosse di paura. Sollevò la mano per un piccolo saluto.

Ravil e Lucy, il capo di Nikolaj e sua moglie, quella sera non erano venuti per stare con il loro bambino Benjamin, ma Nikolaj sospettava che fossero rimasti a casa anche perché erano felici di avere l'attico tutto per loro, per una volta.

Nelle ultime due settimane avevo avuto modo di conoscerli tutti di più. Eravamo andati nell'attico a vedere dei film o a mangiare qualcosa, e li avevo invitati da Nikolaj per il brunch domenicale un paio di volte. Dima e la sua ragazza Natasha venivano spesso nei weekend, ma non stasera dato che l'evento era nel mezzo della settimana. La band attaccò, mantenendosi più dolce del solito per non alterare l'atmosfera da happy hour appena concluso. I fan abituali, che avevamo attirato dal Rue, amarono il cambiamento e applaudirono dopo ogni canzone.

Vidi Derek in piedi accanto a Shanna godersi la musica, ed entrambi mi fecero segno con il pollice in su. Quando la canzone finì, Story parlò al microfono.

«Grazie mille a tutti per essere venuti a trovarci e al Red Room per l'ospitalità. Questo è il nostro primo concerto qui, e ci stiamo divertendo moltissimo.» La folla applaudì. «Volevamo anche ringraziare la nostra amica Chelle per aver organizzato l'evento. Chelle, dove sei?» Agitai la mano. «Eccola. Qualcuno le offra da bere!»

Nikolaj alzò la mano e annuì, e io risi.

Attirò l'attenzione di Shanna, che arrivò con il mio solito Martini Dry.

«Questo sì che è divertente!» disse mentre me lo porgeva. «Hai fatto un ottimo lavoro. Derek ama tutto il nuovo pubblico.»

«Fantastico.» Presi lo stuzzicadenti delle olive in modo assente e mi resi conto che aveva un fiocco legato all'estremità. «Questo cos'è?» Shanna mi fece l'occhiolino e scomparve per servire qualcun altro.

«Cos'è?» Ripetei a Nikolaj, muovendo le dita lungo le delicate estremità del nastro. Le sue labbra si contrassero.

«Sei stato tu?» Tirai una delle estremità e il fiocco si sciolse, facendo cadere un delicato anello d'oro sul bancone.

Rimasi senza fiato. «Oh! È da parte tua?» C'era un sottile foglietto di carta avvolto attorno all'anello. Lo scartai e lo appiattii sul bancone. C'era scritto qualcosa in lettere cirilliche. Mi girai per guardare Nikolaj, la cui espressione era imperscrutabile.

«Cosa dice?»

«*Ty moja*» disse, con gli angoli delle labbra curvi.

Il cuore iniziò a battermi più velocemente mentre esaminavo l'anello. Era delicato e spettacolare allo stesso tempo, con una fascia sottile e sei diamanti di fila. Lo infilai all'anulare della mano destra e mi girai per mettermi di fronte a lui, piazzandogli le mani sul petto robusto. «Che cosa significa?»

Sorrise. «Sei mia.» Mi tolse l'anello dalla mano destra e me lo mise alla sinistra.

Risi mentre violenti brividi di eccitazione mi rimbalzavano dentro. «È il tuo modo di chiedermi di sposarti?»

Annuì. «*Da.*»

«E io ho voce in capitolo?»

Scosse la testa, ma sorrise, con lo sguardo fisso sul mio. «*Net.*»

«Beh» mormorai. «Meglio che mi baci, allora.»

Nikolaj si mosse rapidamente; mi prese il viso e rivendicò la mia bocca nel tipo di bacio che potevo sentire direttamente tra le gambe.

Sentii un applauso salire da dietro Nikolaj, e quando aprii gli occhi mi resi conto che l'intera banda si era affollata dietro di noi. Saša e Maksim, Oleg, Adrian e Nadja, mio fratello Zane. C'erano anche Dima e Natasha.

«Lo prendo per un *sì*?» chiese Shanna dall'altra parte del bar poco prima di stappare una bottiglia di champagne.

«Non le ho dato scelta» disse Nikolaj. Un altro applauso con grida e risate salì dal gruppo. Story si congratulò con noi dal palco, e la band attaccò con una versione pazzesca di *White Wedding* di Billy Idol. Tirai il viso di Nikolaj verso il basso per baciarlo.

«Ti amo» mormorai. «*Ty moja.*»

«*Ty moj*» corresse. «Sì, sono tuo.»

***

Grazie per aver letto *L'allibratore*. Se ti è piaciuto, apprezzerei davvero una recensione. Può fare una gran differenza per un'autrice indie come me.

Clicca qui per l'epilogo bonus.

Il pulitore

HO SEQUESTRATO LA FIGLIA DEL SIGNORE DEL CRIMINE

Pagherà il prezzo dei peccati di suo padre.

Userò la mia bellissima prigioniera per arrivare a lui.

Per farlo soffrire. Facendogli credere che le sto facendo del male come lui ha fatto con mia sorella.

E quando avrò finito di tormentarlo, gli proporrò uno scambio: la sua vita per quella della figlia.

Gli devo una morte lenta e dolorosa. Vendicarmi è un mio dovere.

Ma Kateryna è forte in modi che non mi aspettavo.

Spezzata prima ancora che io arrivassi a lei, non si oppone alle mie torture.

Ha cambiato le carte in tavola, seducendomi con le sue risate.

Con il suo selvaggio, folle appetito per il dolore e il piacere.

Ora devo scegliere: tenerla e rinunciare alla mia vendetta

o distruggere il mio nemico e la donna che ho imparato ad amare.

Leggi Ora

OTTIENI IL TUO LIBRO GRATIS!

Iscrivetevi alla newsletter di Renee per ricevere Indomita, scene bonus gratuite e notifiche riguardo a nuove pubblicazioni!

https://subscribepage.com/reneeroseit

ALTRI LIBRI DI RENEE ROSE

https://reneeroseromance.com/italiano/

Chicago Bratva

Preludio

Il direttore

Il risolutore

Posseduta

Il sicario

Il soldato

L'Hacker

L'allibratore

Il pulitore

Il playboy

Vegas Underground

King of Diamonds

Mafia Daddy

Jack of Spades

Ace of Hearts

Joker's Wild

His Queen of Clubs

Dead Man's Hand

Wild Card

Wolf Ridge High

Alfa Bullo

Alfa Cavaliere

Alfa ribelli

Tentazione Alfa

Pericolo Alfa

Un premio per l'Alfa

Una Sfida per l'alfa

Obsession Alfa

Desiderio Alfa

Guerra Alfa

Missione Alfa

Tormento Alfa

Segreto Alfa

La Preda dell'Alfa

Wolf Ranch

Brutale

Selvaggio

Animalesco

Disumano

Feroce

Spietato

Due Segni

Indomita (gratuito)

Tentazione

Deseada

Sedotta

Padroni di Zandia

La sua Schiava Umana

La Sua Prigioniera Umana

L'addestramento della sua umana

La sua ribelle umana

La sua incubatrice umana

Il suo Compagno e Padrone

Cucciolo Zandiano

La sua Proprietà Umana

La loro compagna zandiana (gratuito)

L'AUTORE

L'autrice oggi bestseller negli Stati Uniti Renee Rose ama gli eroi alfa dominanti dal linguaggio sboccato! Ha venduto oltre un milione di copie dei suoi romanzi bollenti, con variabili livelli di erotismo. I suoi libri sono comparsi su *USA Today's Happily Ever After* e *Popsugar*. Nominata *Migliore autrice erotica da Eroticon USA* nel 2013, ha vinto come autrice antologica e di fantascienza preferita dello *Spunky and Sassy*, come miglior romanzo storico sul *The Romance Reviews* e migliore coppia e autrice di fantascienza, paranormale, storica, erotica ed ageplay dello *Spanking Romance Reviews*. È entrata dieci volte nella lista di *USA Today* con varie antologie.

Iscrivetevi alla newsletter di Renee per ricevere scene bonus gratuite e notifiche riguardo a nuove pubblicazioni!
https://www.subscribepage.com/reneeroseit

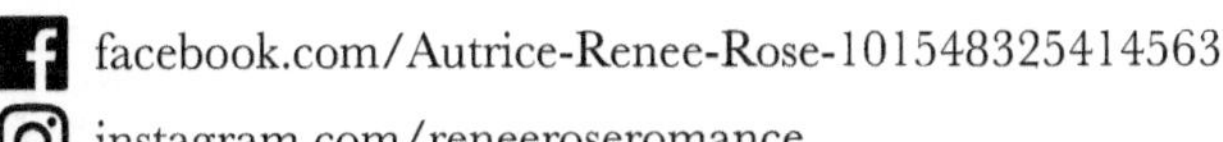

facebook.com/Autrice-Renee-Rose-101548325414563

instagram.com/reneeroseromance

www.ingramcontent.com/pod-product-compliance
Lightning Source LLC
Chambersburg PA
CBHW070633100726
47907CB00007B/1965